おむすび縁結び

食堂のおばちゃん⑮

山口恵以子

ハルキ文庫

JN122126

角川春樹事務所

目次

おむすび縁結び

食堂のおばちゃん15

第一話 ▲ おむすび縁結び

「ロールキャベツ！」

「私も！」

「私、鶏唐《とりから》ね。ご飯半分で」

三人で来店したご常連の女性たちが注文を告げると、皐《さつき》が厨房《ちゅうぼう》に向かって復唱した。

「ロールキャベツ二、唐揚げ一、半ライス一で」

「は〜い！　ロールキャベツ二、唐揚げ一、半ライス一！」

カウンターの中で二三《ふみ》も皐の言葉を繰り返す。二人の声のやり取りは、まるではじめ食堂のランチタイムに流れるBGMのようだ。

「早いわよね。もうすぐ年末だと思ったら、あっという間に仕事始めで、もう一月も半分過ぎだもん」

二十代と思《おぼ》しき一人がため息交じりに言うと、隣に座った同年代の女性が浮かない声で同調した。

「そうよね。学校卒業した途端『こだま』が『のぞみ』になった感じ」

「新幹線同士ならいいじゃない。四十過ぎたら山手線《やまのてせん》からいきなりＪＡＬだから」

向かいの席の最年長の女性が、やりきれないと言いたげにひょいと肩をすくめた。若く見えるが四十代だったようだ。

厨房で客席の会話を漏れ聞いた二三は、鶏を揚げながら「四十代、あるある」と心の中で呟《つぶや》いた。そして五十代、六十代になると、時の流れるスピードはさらに加速して、今の二三はまるでスペースシャトルに乗せられたような心持ちがする。

しかし、そのスペースシャトルもすでに過去の遺物になってしまった。果たしてこれから何に例えれば良いものか、二三は速い乗り物を思い浮かべようとして断念した。

「はい、お待ち」

ロールキャベツの皿を盆に置くと、皐がご飯と味噌汁《みそしる》をよそって定食セットを完成させ、客席に運んでいった。

はじめ食堂のロールキャベツは、コンソメ味・デミグラ味・クリーム味の三種類あって、今日はやや薄めのクリーム煮にしている。最初にチキンスープでじっくり煮込み、仕上げに自家製ホワイトソースを加えてとろみをつけている。キャベツと合いびき肉の旨味《うまみ》を抽出したスープはご飯と相性が良く、かけて食べる人も多いのは、新宿の名店「アカシア」のロールキャベツシチューと同じだ。

「お待たせしました」

少し遅れて鶏の唐揚げ定食がテーブルに運ばれてきた。

一個つまんで口に入れた最年長の女性は、慎重に味わってから皿の上を見直した。

「この唐揚げ、美味《お》しいわね。雑味が全然ないわ」

「ありがとうございます。下処理に手間かけてるんですよ」

皐は嬉《うれ》しそうに答えた。

そう、ただの鶏の唐揚げとバカにするなかれ。濃いめの塩水につけながら余分な脂肪を取り除き、さらに水洗いして水分を拭《ふ》き取ってから、下味をつけて揚げている。意外と手間をかけているのだ。

「味付け、塩だけ？　生姜《しょうが》の香りもするけど」

「塩と生姜と、ニンニクがほんの少し。肉の重量に対して１％の塩が、鉄板の味付けなんです」

皐は料理本の受け売りを告げたが、女性客は納得顔で大きく頷《うなず》いた。

「そうよね！　塩分って大事よ。食材の旨味を引き出すのは塩分だって、有名なイタリアンのシェフがね……」

最後は連れの二人の女性に向かって講釈した。二人は生返事をしたものの、ロールキャベツを食べるのに夢中だ。

「ねえ、さっちゃん、カツカレーはいつやるの？」

鯖《さば》のみりん干しの身をほぐしながら、中年の男性客が尋ねた。若い頃《ころ》からランチに通ってくれている常連さんだ。

「金曜日です」

お客さんはにやりと笑って、ぐいと右手の親指を立てた。

「皆さん、金曜の日替わりはカツカレー一択になりますので、よろしくお願いします」

皐はお客さん全員に向かって告げ、軽く頭を下げた。

人気の高いメニューを日替わりで出す時、ごくまれに一択にすることがある。その方が手間を省け、材料費も節約できる。とはいえ、焼き魚と煮魚の定食、ワンコインメニューもあるので、今のところお客さんから不満の声はない。

ちなみに、今日の焼き魚は鯖のみりん干し、煮魚はカラスガレイ。ワンコインは肉うどん。小鉢は春菊《しゅんぎく》のナムルと五十円プラスで味玉。味噌汁は大根、漬物は一子《いちこ》手製の白菜漬け（柚子《ゆず》と赤唐辛子《あかとうがらし》が効いてます！）。これにドレッシング三種類かけ放題のサラダがついて、ご飯と味噌汁はお代わり自由。

これで一人前七百円は、今の時代、絶滅危惧種《ぜつめつきぐしゅ》に指定されてもおかしくないと、二三も一子も皐も自負している。

「スペースシャトルねえ。爆発事故のニュースを聞いたのが、つい昨日のような気がするけど、もう何十年も経《た》ってるのよねえ」

ロールキャベツを箸《はし》で切りながら（はじめ食堂のロールキャベツは、箸で切れるくらい柔らかく煮込んであるのだ）、野田梓《のだあずさ》が何かを思い出すように遠くを見た。

「確か二〇一一年で役割を終えて、運用中止になったんじゃなかったかな」

三原茂之《みはらしげゆき》はスプーンでスープをすくった。一口啜《すす》った途端、目尻《めじり》が下がって頬《ほお》が緩む。ロールキャベツは、はじめ食堂のランチメニューの中で、五本の指に入るお気に入りだ。

「名前だけは何となく覚えてるわ。エンデバー、コロンビア、チャレンジャー……」

二三は宙を見上げて指を折った。

「ねえ、スペースシャトルより速い乗り物って、何？」

「どしたの、急に？」

梓が怪訝《けげん》そうに眉《まゆ》をひそめた。

「何となく、気になって。ほら、『スーパージェッター』の流星号《りゅうせいごう》はマッハ15のスピードだったでしょ。スペースシャトルとどっちが速いのかしら」

子供の頃テレビで観《み》たアニメの主題歌が、二三の頭の中を流れた。不思議なもので、平成以降に流行《はや》った歌はほとんど記憶に残っていないのに、昭和の、それも子供の頃に流行った歌は、いつでもすぐにメロディーが蘇《よみがえ》る。

「確かスペースシャトルが大気圏に突入する時のスピードは秒速七キロで、マッハ21くらいだったと……」

三原が記憶を確かめるように、額に人差し指を当てた。

「あら、流星号より速いなんて、びっくり」

しかし、二三は同時に少しがっかりした。

「でも、結局スペースシャトルは中止になっちゃったし、私たちの生活には何の影響もなかったわよね」

「あたしだって子供の頃は、二十一世紀には宇宙旅行できると思ってたわよ。ZOZO創業者の前澤《まえざわ》さんみたいな、超のつくお金持ちでなくても」

「『ララ科学の子……』だったもんねえ。あの頃二十一世紀を舞台にしたマンガでは、自動車代わりに円盤みたいな乗り物に乗って、空飛んだりしたのよねえ」

梓はロールキャベツを咀嚼《そしやく》しながら無言で二回頷いた。

二三も梓も子供の頃は、二十一世紀は輝かしい科学の時代になると信じていた。一九六九年にはアポロ一一号が月面着陸して、人類が月に降り立ったのだから、もうすぐ火星にだって行けるだろうと思ったものだ。ところがどっこい……。

「『二〇〇一年宇宙の旅』なんて映画もあったなあ」

三原が二三と梓の気持ちを代弁するように言った。

「あの映画が公開された時は、二〇〇一年に木星へ行くのは夢じゃないと思ってたけどなあ」

「二〇〇一年宇宙の旅」の公開は一九六八年。アポロ一一号の月面着陸の前年に当たる。

「まあ、スマホ決済とか仮想通貨とか、あの頃は誰も考えていなかった進歩も確かにあるけど、マンガやアニメであこがれた華々しさに比べると、どうしても見劣りしちゃうのよね」

二三は三原と梓の湯呑《ゆのみ》にほうじ茶を注《つ》ぎ足しながら言った。

「私なんかスマホ決済は、電車やバスに乗る時使うくらい」

「あたしも同じ。お店やタクシーは現金の方が喜ぶし」

三原は箸を置き、大きく頷いた。

「そもそも、日本ほど自国通貨の信用度が高い国はないんですよ。高度な印刷技術で紙幣を刷るから、おいそれと偽札を作れない。偽ドル作りはもっと簡単だし、中国ではキャッシュディスペンサーから偽札が出てきたっていう、笑えない話もある」

三原は幾分眉をひそめて先を続けた。

「仮想通貨も実のところ、犯罪集団のマネーロンダリングに使われるのがもっぱらで、まともな企業の取引に使われることはほとんどないですよ」

二三は昔流行った「いつもニコニコ現金払い」という言葉を思い出した。

「今の時代にこんなこと言うのはバカなんでしょうけど、私、正直カード払いも不安で、普段は持ち歩かないようにしてるの。だって、手元にお金がなければ、買いたいものがあっても我慢するけど、カードがあると買っちゃうでしょ。それが積もりに積もって自己破産しちゃったり……」

三原は真面目《まじめ》な顔で答えた。

「二三さんの指摘は正しいと思う。カード社会が到来する前、日本の財界は先行するアメリカの事例を見て、自己破産が激増することを見越していた。それでもカード決済の利便性の誘惑には勝てず、導入に動いたってことです」

梓は眉間《みけん》にしわを寄せて唇をひん曲げた。

「カード破産の恐ろしさを身にしみて感じたのは、宮部《みやべ》みゆきの『火車《かしゃ》』を読んだときよ。あれから、やむを得ない場合以外、絶対現金払いにしようって思ったもん」

一子は苦笑を浮かべて皐を見やった。

「さっちゃんには、まるでピンとこない話だと思うけど」

「そんなことないです」

皐は大きく首を振った。

「私も昔のSF映画観ると、あの頃は夢があったんだなって思うし、お客さんで仮想通貨詐欺に引っかかった人もいるから、知りもしないで目新しいものに飛びつくのは怖いと思います」

　そして、明るい眼差《まなざ》しで前を見た。

「ただ、まだまだ日本も捨てたもんじゃないと思うんです。だって宇宙飛行士の募集があると、毎回、立派な職業の人が何人も応募するじゃないですか。大人になっても、宇宙飛行士になるって夢を持ち続けてるんですよね。それ、すごいですよ」

　皐の言葉に、二三と梓は思わず宙を見上げた。古ぼけた天井を通して、広大な宇宙空間が見えたような気がした。二人は互いに顔を見合わせ、苦笑するしかなかった。

「そもそも、宇宙旅行なんか行かないもんね、私たち」

「そうそう。何が悲しくて空気のないとこに、よ。行くなら断然温泉だわ」

　寒さも厳しくなってきた季節だが、はじめ食堂には小さな談笑の輪が広がり、小春日和《こはるびより》のように暖かくなった。


「結婚式、いよいよ今週ね」

　フラミンゴオレンジのソーダ割のグラスを片手に、菊川瑠美《きくかわるみ》が言った。松原団《まつばらだん》と相良千歳《さがらちとせ》の結婚式は一月二十八日の日曜日の予定で、当日まで既に一週間を切っている。

「さすがに前日の土曜日はお店を休むそうですよ」

　注文の一皿目、菜の花の胡麻和《ごまあ》えの器をカウンターに置いて、皐が答えた。

「月曜は店、どうすんの？」

隣に座った辰浪康平《たつなみこうへい》が尋ねた。

「普段通り営業するそうです」

「新婚旅行はなし？」

康平は意外そうに眉を吊《つ》り上げた。

「ゴールデンウイークとか、お盆とか、世間が休んでるときにまとめて休みを取って、行くみたいですよ」

「人様のことだからいいけど、混むぞ～」

恐ろしそうに肩をすくめた。

「千歳さんは始めたばかりのお店を休みたくないのよ。ある程度お客さんが定着すれば、少しくらい休んだって安心だから」

瑠美は再びグラスに口を付け、うっとりと目を細めた。

「それにしてもこれ、焼酎《しょうちゅう》とは思えないわ。香りが華やかで味が爽《さわ》やかで」

そしてからかうような口調で康平に言った。

「こういう言い方って、焼酎に失礼かしら？」

「全然」

康平はにんまりと笑ってグラスを掲げた。

「まだまだ世間一般には、焼酎と言えば昔の悪いイメージが残ってる。臭いとかダサいとかおじさんぽいとか……おっと、後の二つは同義語か」

自分にツッコミを入れて、瑠美の笑いを誘った。

「だけど、徐々にそのイメージも刷新されてる。若者アンケートでも、焼酎を『カッコいい』とする回答が増えてるんだ。糖質ゼロだから、ヘルシーでもある。近い将来、美味《うま》くてヘルシーでカッコいい酒だってイメージが定着すれば、もう『焼酎とは思えないくらい美味い』なんて言葉は、死語になるよ」

最後の方は声に力がこもり、酒に対する愛情が自《おの》ずと表れた感じだ。

そんな康平を見る瑠美の目には尊敬の念が浮かんだ。お互いジャンルは違えど、「食文化」という同じフィールドで生計を立てている。愛情が深まるにつれて、「同志」的な仲間意識も生まれた。それもまた、二人の絆《きずな》を強くしてくれる。

「このフラミンゴオレンジ、すごい人気で、手に入れるの大変だそうです。うちは康平さんが卸してくれるから苦労しないけど、蔵元さんの発売と同時に完売らしいですよ」

皐が言うと、二三も口を添えた。

「蔵元さんの信頼がないお店は、希少なお酒を売ってもらえないんですって。辰浪酒店の品揃《しなぞろ》えが良いのは、お祖父《じい》さんの代から築き上げた蔵元さんとの信頼関係のたまものだと思うわ」

「おばちゃん、今日はいやに持ち上げるじゃない」

康平は照れ隠しにフラミンゴオレンジを飲み干し、空になったグラスを皐に手渡した。

「お代わり！」

「お世辞じゃないのよ。お姑《かあ》さんから、康平さんのお祖父さんの話を聞いてるし」

二三が視線を向けると、一子は懐かしそうに目を細めた。

「康ちゃんのお祖父さんも、熱心な人でね。休みには地方の蔵元さんに足を運んで、まだ東京に紹介されていない美味しいお酒がないか、探して回ってたわ」

日本酒には一九四〇年から一九九二年まで「級別制度」が存在し、「特級」「一級」「二級」に分別されていた。そして酒税は級別に割り当てられ、高い順に特級、一級、二級となる。つまり、等級は酒の本来の品質とは関係なく、税務上の分類でしかなかったのだ。

当然、この制度を疑問に思う蔵元のなかには、敢《あ》えて国の審査と級別制度を拒否し、「無鑑査の二級酒」として市場に流通させるところも現れた。特に一《いち》ノ蔵《くら》は伝統的な製法の本醸造を「無《む》鑑査《かんさ》」という商品名で販売したことで知られている。

「銀平《ぎんぺい》さんはあの頃から『本当に美味しい酒は地方の二級酒にある』って言って、一ノ蔵や八海山《はっかいさん》を勧めてたわ。今にして思えば、見識と気骨があったのよね」

銀平が辰浪酒店の経営者だった頃（一九五〇～八〇年代）は、日本酒にアルコールや糖類を添加することが横行していた。その中で地方に出向いては、良質な日本酒を醸《かも》す蔵元を訪ね歩き、仕入れて店に並べ、普及と宣伝に努めた。

「そういうとこ、康ちゃんはそっくりよ。名前の大小に関係なく、美味しいお酒を造ってる蔵元さんを応援してるでしょ」

「ほんとよね。うちみたいな何の変哲もない居酒屋が、而今《じこん》や十四代《じゅうよんだい》を出せるんだから」

康平はくすぐったそうに身じろぎしたが、嬉しそうだった。

「祖父ちゃんは俺が小学生の時に脳卒中で死んじゃったから、正直、仕事ぶりはあんまりよく知らないんだよね。でも、おばちゃんたちにそう言ってもらえて、すごく嬉しいよ」

瑠美はフラミンゴオレンジのグラスを傾け、しみじみと言った。

「今の日本酒の品質向上ぶりをご覧になったら、きっと喜ばれるわね。まして、海外での日本酒人気を知ったら……」

日本酒の国内消費量は昭和四十八年をピークに減少が続いているが、海外輸出量は近年の日本食ブームを背景に増加を続け、令和三年は前年比47％増、金額にして66％増を記録した。しかも販売にとどまらず、日本酒の醸造所まで誕生して、現在海外の醸造所は六十に達するという。

瑠美の言葉を受けて、康平は考え深い顔で言った。

「これから日本酒に残された開拓地は、ヴィンテージ化だろうね。田桑《たくわ》酒造の若夫婦が言ってたように……」

田桑酒造は明治時代から続く栃木《とちぎ》県の酒蔵だった。後継者である潤《じゅん》と浅黄《あさぎ》夫婦は、イタリア料理の修業経験を活かし、醸造作業の休み期間を利用して、発酵料理を売りにしたイタリアンレストランを開《ひら》いた。二人はイタリアンやフレンチにも合う日本酒の開発に着手しつつ、ヴィンテージ化を視野に入れていた。

「今では日本酒は世界的に認められていて、フレンチの三ツ星レストランでも日本酒を置いています。でも、扱いはあくまでボジョレー・ヌーヴォー、新酒です。これからの日本酒の発展は、ワインと同じようにヴィンテージ化を図って、年代物の市場を拡大するしかないと思います」

康平と瑠美は共に、日本酒の将来について潤が語った言葉を思い出した。日本酒のルネッサンスはまだまだ続くらしい……。

そこへ、カウンター越しに厨房からいい香りが漂ってきた。熱したオリーブオイルで揚げられるニンニクの匂《にお》いだ。

「芽キャベツのアンチョビガーリック、もう少し待ってね」

フライパンから目を上げて、二三が言った。

「さっちゃん、私もお代わり。これは絶対泡が合いそう」

瑠美も空になったグラスを差し出した。

芽キャベツも冬の野菜だ。半分に切ってラップして、レンジで加熱しておく。フライパンにオリーブオイルを入れて熱し、スライスしたニンニクを香りが立つまで揚げて取り出す。そこにみじん切りにしたアンチョビを入れて炒《いた》め、さらに芽キャベツを加えて炒め、黒胡椒《くろこしょう》を振って出来上がり。皿に盛る時、フライドガーリックを脇《わき》に添えると、とてもおしゃれになる。

「お待たせしました」

皐が二人の前に皿を置くと、二三がカウンターに首を伸ばした。

「芽キャベツにガーリックを載せて食べてね。食感が良いから」

カリッと揚がったニンニクを嚙《か》むと、砕けた香りの破片が広がり、芽キャベツの甘味、アンチョビの旨味と溶け合い、口の中に幸せな三位一体が生まれるのだ。

「味付けはアンチョビだけなの。足りなかったらお塩振ってね」

瑠美は芽キャベツを口に入れたまま首を振った。

「ううん、これで十分」

アンチョビはそれだけで酒のつまみになるが、調味料としても様々な料理に活用できる。

「私、最近アンチョビを《イタリアの塩昆布》って呼んでるの」

「言えてる！」

瑠美は親指と人差し指で丸を作った。

「どっちもヴァリエーション広いものね。私も色々活用させてもらってるわ」

「特に最近の塩昆布人気はすごいですよ。そのうち塩昆布だけのレシピ本が出来るんじゃないですか」

「遅い。もうとっくに出てる」

「ええっ」

　冗談で言っただけだったので、二三は思わず半オクターブ高い声を出した。

「『塩こん部長のとっておきレシピ』。《塩こん部長》は塩昆布を販売してる会社のイメージキャラクターで、このキャラのおかげで売り上げが三倍になったそうよ。何処《どこ》にも知恵者はいるものね」

　その本は二〇一二年に刊行された。ちなみに《塩こん部長》は株式会社くらこんの創作したイメージキャラクターである。

「料理研究家としては忸怩《じくじ》たる思いよ。私も塩昆布は調味料として使えると思ってたけど、塩昆布に特化したレシピ本までは思いつかなかったわ」

　瑠美は屈託を振り払うかのように頭を振った。

「そりゃ、立場が違うよ。向こうは塩昆布の会社なんでしょ。社運を懸ける気概で勝負に出たんだよ。言ってみれば、トーナメント戦とリーグ戦の違いみたいなもんかな」

　康平は慰めるような口調になったが、内容は正鵠《せいこく》を得ている。

「ありがとう。実は、私もそう思うことにした」

瑠美は屈託のない口調で答え、芽キャベツを口に放《ほう》り込んだ。

二三は耐熱皿をオーブンに入れた。二人の次の注文は、鱈《たら》と白菜のグラタン。炒めた白菜と玉ネギ、鱈をホワイトソースで和え、ピザ用チーズを載せてオーブンで焼けば出来上がり。ホワイトソースさえ作っておけば、様々な具材でグラタンが簡単に出来るので、冬の定番メニューとなっている。

「康平さん、次のお酒どうする？」

二三が訊《き》くと、康平は瑠美の方を向いた。

「グラタンなら泡がお勧めだけど、このまま行く？　それともスパークリングワインに変える？」

「そうねえ。私は同じで良いけど、貴重なお酒を私たちだけで呑《の》んじゃって、かまわないかしら？」

「ノープロブレム。なくなったらまた卸します」

康平はドンと胸を叩《たた》いた。

「良かった。康平さんが酒屋さんで」

「そこですか？」

二人は軽口の応酬をしながら、二杯目のソーダ割も飲み干した。

ラストの注文は鶏とセリとゴボウの小鍋立《こなべだ》てなので、日本酒に換えるだろう。今夜、康平が小鍋立てに合わせる酒は何か、二三は楽しみに待つことにした。

「江戸川区《えどがわ》のコミュニティホールって、地味過ぎない？」

芽キャベツのアンチョビガーリックをパクリと口に入れて、要《かなめ》が言った。片手には缶ビールを握っている。

「団さんの家は江戸川区だから、一家で良さそうなとこ探したみたいよ。ホテルを使うと、地味婚でも結構かかるでしょ。そんなら見栄張らないで、思いっきり地味にしようって、二人で決めたんだって」

二三も芽キャベツをつまんだ。我ながら美味いと思う。

「二人とも偉いと思うよ。結婚式じゃなくて、二人の将来のためにお金使おうとしてるんだから」

一子が小鍋立てのセリに箸を伸ばした。話題の主、松原団が持ってきてくれた、きりたんぽ用の根っこ付きのセリだ。

「それに、お客さんにご祝儀一切不要ですっていうのも、良い心意気だよ。ろくなおもてなしもできませんから、身一つでお越しくださいって。あたしは一人五千円くらい、会費で受け取ってもいいと思うけど」

一子は口を閉じ、鼻に抜けるセリの芳香を楽しんだ。

「千歳さん、ウエディングドレスは着るの?」

「どうかしらねえ」

二三は首をひねった。

「招待状には『平服でお越しください』って書いてありましたけど……花嫁さんだから、着ますよね、きっと」

皐は招待状の文面を思い出しながら答えたが、もとより何も聞いていない。

「『今日は皆さまのために、私が腕を振るいます』とか言って、ウエディングドレスでラーメン作り出したら、映《ば》えるよね」

要は招待されていない全くの部外者なので、好き勝手なことを言っているのだが、確かに千歳にはそう思わせるところがあった。古い言葉で言えば「ラーメン一直線」のような。

「お祖母《ばあ》ちゃん、何着てくの?」

「いくら平服と言っても、まさか普段着ってわけにもいかないから、《よそ行き》を適当に見繕うよ」

「お母さんは?」

「私は還暦クラス会用に買ったパンツスーツ。ほら、モデストファッションのやつ」

「ああ、あれ」

モデストとは「控えめ」「上品」という意味で、元はイスラム教徒の女性を指すムスリマ用ファッションだったが、露出が少なく、身体《からだ》の線を強調しないスタイルは、ムスリマ以外の女性の支持も集めており、今や世界的なブランドも誕生している。

普段の外出には少し華やかすぎるので、クラス会の後は着る機会がなかったが、結婚式は絶好の場だ。

「モデストファッションを知るきっかけは、瑠美先生だったわ」

五年前、ハラールフードのフェスティバルが東京で開かれ、瑠美は調味料会社の依頼でハラールのメニューを作成した。会場ではインドネシアのアパレルメーカーによるファッションショーも同時開催されていて、瑠美は主任デザイナーのナディン・ラマダニと親しくなり、モデストファッションを一式プレゼントされた。

それを着てはじめ食堂に現れた瑠美を見て、二三も一目で「中高年女性の味方！」と思い、ファンになった。

瑠美はナディンとアシスタントのアシィファを日暮里《にっぽり》の生地問屋街に案内し、帰りにははじめ食堂へ連れてきたのだった。

「そう言えば、ナディンさんがパスポート失《な》くして、大騒ぎになったのよね」

「そう、そう。そしたらはなちゃんが来てくれて……」

桃田《ももた》はなの実家は日暮里の生地店だった。ナディンは生地を選んでいるうちに、うっかり反物の間にパスポートを落としてしまったのだ。それに気づいたはなが、翌朝、インスタグラムに上げられたナディンの投稿写真を頼りに開店前のはじめ食堂を訪れ、パスポートを届けてくれた。

二三ははなと一緒に山手政夫《やまてまさお》の運転するライトバンに乗り込み、ナディンのいる帝都《ていと》ホテルに駆け付け、パスポートを届けることに成功した。

「あの時はおかしかったわ」

二三は思い出すたびに笑みを誘われる。当時のはなはハロウィン用に髪をピンクに染め、パンクファッションに身を固めていた。

歴史と伝統を誇る格調正しき帝都ホテルの車寄せに、車体に「魚政《うおまさ》」と大書したライトバンが止まり、白い三角巾《さんかくきん》に白衣姿の食堂のおばちゃんと、ピンクの髪のパンク少女、白いタオルでねじり鉢巻きをした長靴姿の魚屋のオヤジが飛び出してきたのを見て、ドアマンもコンシェルジュも、まるで鳩《はと》が豆鉄砲を食らったような顔をしたものだ……。

「はい、術は解けました」

皐が二三の目の前でパチンと指を鳴らした。

「いやねえ、万里《ばんり》君の真似《まね》」

二三は睨《にら》むふりをしたが、内心は楽しかった。これからはつい想《おも》い出にふけっても、皐が現実に連れ戻してくれるだろう。

松原団と相良千歳の結婚式は、一月最後の日曜日に、江戸川区瑞江《みずえ》にある区営のコミュニティホールで行われた。

都営地下鉄新宿線瑞江駅から徒歩二分の近さにある地上四階建ての建物で、竣工からまだそれほど経っていないらしく、外観もきれいで洒落《しゃれ》ていた。一階は四百人収容のホールと楽屋三室で、二階から上に会議室、集会室、調理室、和室、音楽室などがあった。

入り口の案内パネルを見ると、二階の「椿《つばき》」という部屋の欄に「松原家・相良家　結婚式」と書いてあった。

二三は一子と皐を促して、正面のエレベーターに乗った。

今日の一子は柔らかな素材のパンツスーツに真珠のネックレスで、上品にまとめていた。皐はボウタイ付きのブラウスに紺のパンツスーツだが、ジャケットの左胸に大きめのコサージュを飾り、結婚式に相応《ふさわ》しい華やかさだ。

エレベーターを降りると、廊下の突き当りの部屋が「椿」だった。二階では一番広い部屋らしい。

「結婚式なんて、もうずいぶんと行ってないわ」

一子がやや高揚した口調で言うと、二三も「私も」と応じた。

「デパート辞めてからは、冠婚葬祭は葬ばっかりよ」

口には出さないが、皐も思いは同じだった。一流企業の内定を蹴《け》って家を飛び出し、ニユーハーフとなってから、それまでの人間関係はほとんどつながりが切れ、結婚式に呼ばれることもなくなった。だからこそ、今日、団と千歳の晴れの門出の席に招かれたことが、嬉しくてたまらない。

会場にはすでに二十人ほど先客がいた。団と千歳の友人らしく、みな三十歳前後の男女だった。パーティーは立食形式で、会場の中心に並んだテーブルに椅子《いす》はなく、壁に沿って一列に置かれていた。そして部屋の正面右側には、フタのついたオードブルの皿を載せたテーブルと、飲み物とグラスを載せたテーブルがあった。

と、周囲の人たちと談笑していたスーツ姿の若者が、会釈して部屋の中央に進み出た。

「皆さん、本日はお忙しい中をありがとうございます。私は新郎の弟で、松原開《かい》と申します」

髪の毛は七三分けだが、顔が団にそっくりだった。

「式はもうそろそろ始まりますが、ご覧の通り、ざっくばらんな祝いの席です。どうぞ、ご自由に、お好きなものをお飲みになって、おくつろぎください」

開は飲み物のテーブルの後ろに回り、手際よくビールの栓を抜いていった。他にはウーロン茶とジュースの瓶がある。

若者たちは遠慮せずにテーブルに集まり、それぞれ好みの飲み物をグラスに注ぎ、元のテーブルに戻っていった。

二三は一子を壁際の椅子に腰かけさせた。

「お姑さん、何飲む？」

「そうね。まずはウーロン茶にしとくわ」

二三は皐と飲み物を取りに行った。すると、テーブルの向こうにいた開が、にこやかに挨拶《あいさつ》した。

「一《に》さん《のまえ》ですね。いつもご贔屓《ひいき》にしてくださって、ありがとうございます」

「本日はおめでとうございます。うちの方こそ、いつも美味しい野菜を届けていただいて、助かってますよ」

すると、入り口から女性の声が響いた。

「すみません、遅くなりました！『パンの花束《はなたば》』からお届けに上がりました！」

振り向くと長方形の大きなプラスチック容器を抱えた女性が立っていた。店の制服らしい、胸にロゴマークの入った深緑の上着とパンツを身に着け、同色の帽子をかぶっていた。

その顔は……。

「つばささん！」

二三と一子が同時に声を上げる前に、開が素早く歩み寄った。

「ごくろうさんです！　こっちにお願いします」

つばさは示されたテーブルに容器を置くと、ビニールの手袋をはめ、容器から銀の大皿を取り出して、その上に色とりどりのサンドイッチを並べ始めた。

開が招待客の方を振り向いて説明した。

「この店は、代官山《だいかんやま》で評判のサンドイッチ専門店なんです。出来立てが一番美味いんで、無理を言ってギリギリに作ってもらったんです」

開がサンドイッチを並べ終わったつばさに「ごくろうさんでした」と声をかけると、つばさは遅れたことに恐縮して、何度も頭を下げた。どうも、途中で渋滞に引っかかったらしい。

「気にしないでください。式はまだ始まってないんだから。それより、喉《のど》渇いたでしょう。何か飲んでください」

兄と同じく、開も温和で思いやりのある性格だった。その光景を目にしただけで、団の一家の中に入る千歳はきっと幸せになるだろうと、二三は確信した。

帰ろうとしたつばさは、やっと二三と一子に気が付いた。

「まあ、二三さん。一子さんも」

「私たちも招待されたの。新郎はうちの店に野菜を卸してくれてる業者さんなのよ」

「そうだったんですか」

一子はつばさの制服を指さして尋ねた。

「学校を卒業して、就職なさったの？」

「はい。去年から働いてます。最初は別のお店を希望してたんですけど、ここのサンドイッチを食べたら、サンドイッチの概念が変わっちゃって」

つばさは嬉しそうに答えた。その目は輝き、顔にも態度にも迷いは少しも感じられない。好きな仕事に励んでいる若者は、万里もつばさも、皆こういう風になるのだろう。

「それは、食べるのが楽しみだわ」

「美味しいですよ。お近くにいらしたら、店にも寄ってください」

つばさは空になった容器を抱えて、会場を出て行った。ちなみに、コンビニやパンの配送で見かけるこの容器は、「番重《ばんじゆう》」と呼ばれている。

開はちらりと腕時計に目を遣《や》ると、入り口の脇に立った。

「皆様、お待たせ致しました。新郎新婦の入場です」

結婚式場のように音楽や演出はなかったが、モーニング姿の団とウエディングドレス姿の千歳が入り口に姿を現すと、一瞬、会場は厳粛な雰囲気に包まれ、招待客たちは姿勢を正した。団と千歳の緊張が自ずと伝わったのかもしれない。

次の瞬間、拍手が沸き起こった。団と千歳は拍手を浴びながら、会場の奥へと進んだ。

拍手が鳴りやむと、二人は来客に向かって深々と一礼した。

初めに挨拶を述べたのは団だった。

「皆様、本日はご来場、ありがとうございます。無事にこの日を迎えられて、正直、感無量です」

続いて千歳が口を開いた。緊張しきった面持ちだったが、声はしっかりしていた。

「私と団さんは、それぞれ仕事を持っています。でも、私たちはどんな時もお互い助け合って、乗り越えてゆくつもりです」

「どうぞ、これからも私たちを温かく、そして時には厳しく、見守ってくださるようお願いします」

二人はもう一度頭を下げ、温かい拍手に包まれた。

「あとは皆さま、粗餐《そさん》ではございますが、お料理を召し上がりながら、ご歓談ください」

開が告げると、一気に会場は和んだ。招待客たちは料理をつまみ始め、団と千歳は会場を回って、一人一人と言葉を交わしていった。

新郎新婦の親たちは、少し遅れて会場に入ってきた。招待客がほとんど若者ばかりなので、遠慮したのかもしれない。

団と千歳の親は、一番年齢の近い二三と一子を見て、最初に近づいてきて挨拶した。

「一さん、いつも息子がお世話になっております。私は松原青果の会長の、松原譲《じょう》と申します」

譲も団・開兄弟とよく似ていた。遺伝性の強い顔なのか、兄弟の三十年後はこうなるだろうと彷彿《ほうふつ》させた。

「どうぞ、これからも息子をご贔屓にお願いします」

母の久澄《くすみ》は面長で一重瞼《ひとえまぶた》の純和風な顔立ちで、団兄弟とはまるで似ていない。しかし、きっとこの母の美点も、兄弟に受け継がれているのだろう。

続いて千歳の父が進み出た。千歳はフランス人形のような美貌《びぼう》だが、父親の方はいかにも朴訥《ぼくとつ》な感じだった。

「千歳の父の相良伸一《しんいち》でございます。はじめ食堂の皆さんには、娘が大変お世話になりまして、お礼の言葉もありません」

千歳から火事その他の事件について、二三たちに助けられたことを聞いているのだろう。何度も頭を下げた。

「いいえ、とんでもないです。千歳さんには災難でお気の毒でしたが、立派にお店を続けていらっしゃいます。大したものだと思いますよ」

「今の佃《つくだ》大通りで食べ物屋をやっているのは、うちと千歳さんのお店の二軒だけです。これからも助け合っていけたらと思ってます」

伸一は後ろに控えている三十代のカップルを振り返った。男性の方は伸一によく似ていた。

「千歳の弟夫婦です。公務員をやりながら、田圃《たんぼ》を手伝ってくれてます」

もしかして千歳の母は千歳そっくりの、フランス人形のような美人だったのかもしれない。そして、その美の遺伝子は娘にだけ伝わって、息子はスルーしてしまったのだろうか。

仲一に促されて、弟夫婦も二三たちに挨拶した。弟は大地《だいち》、妻は凪《なぎ》という名で、共に公務員だった。

「女房は千歳が高校生の時に亡くなりまして、男手一つで寂しい想いをさせたようです。お陰ですっかり気が強くなって……。でも、親戚もいない東京で奥さんたちに助けられて、どんなに心強かったかしれません。本当にありがとうございました」

仲一が目を潤ませたので、二三も一子もあわてて答えた。

「千歳さんはラーメン業界では有名な、腕の良い料理人なんですよ。すべてはご本人の努力と才能です」

「それに、団さんみたいな優しくて理解のある方とご一緒になられたんですから、これからは寂しい事なんかありませんよ」

「はい。私もやっと安心できます」

仲一の口調はきわめて真摯《しんし》で、団を信頼していることが伝わってきた。これまでに何度か顔を合わせて、人柄も分っているのだろう。

一通り挨拶が終わると、皐が二三と一子に言った。

「お料理、取ってきますね」

「私も行く。お姑さん、つばささんの店のサンドイッチはマストだけど、他は何が良い？」

「なんでも結構よ。適当にお願い」

二三は皐と料理の並んでいるテーブルに向かった。オードブルと揚げ物の盛合わせで、ひと目でチェーン店のパーティー用仕出し料理だと分る。不味《まず》くはないが美味くもない。しかし、文句を言ったら罰《ばち》が当たる。会費なしで無料でサービスしてもらうのだから。

その代わりと言っては変だが、つばさの店のサンドイッチは美味しそうだった。中の具材だけでなく、パン自体もバラエティーに富んでいて、見るだけで食欲をそそられた。

「これは、美味しいねえ」

一切れつまんで、一子も目を見張った。

「サンドイッチもバカに出来ないわ」

「このパン、なんて言うんでしょう。食感がしっかりしてて、お肉と相性抜群」

皐が食べたのはビーフカツのサンドイッチだった。肉も吟味してあるし、ソースも自家製らしく、スパイシーで独特の味だった。

「この式の主役の座は、サンドイッチに奪われそうね」

そう言ってスモークサーモンとクリームチーズのサンドイッチを頬張った時、団と千歳が目の前にやってきた。二三があわてて飲み込むと、鼻腔《びこう》をディルの香りが通り過ぎた。

「本日はおめでとうございます」

「アットホームで、良いお式ですね」

「千歳さん、ドレス素敵」

三人が口々にお祝いを述べると、団も千歳も嬉しそうに礼を言った。

千歳のウエディングドレスは貸衣装だそうだが、シンプルで洗練されていた。二三は衣料品バイヤーとしての経験から、衣装は余計な飾りのない方が着る人を引き立てると思っているのだが、まさに今日の千歳はその生き証人だった。

「ところでこのサンドイッチ、どなたが見つけてきたの？　すごく美味しくてびっくりしたわ」

一子がサンドイッチを片手に尋ねると、団が即答した。

「弟です。高校時代の親友の兄さん夫婦が始めた店で、弟は前からたまに買ってきてました。遠いのが玉に瑕《きず》だけど、味は抜群なんで、結婚式に使いたいと思って」

「グッドアイデアよ」

「片手で食べられるのも、立食にはぴったり」

「さすがは団さんの弟さん。気が利きますね」

三人が口々に褒めると、団と千歳は嬉しそうに微笑《ほほえ》んだ。

「ありがとうございます。でも、あんまりお腹《なか》いっぱいにしないでくださいね」

「実は、これからメインが出るんです」

「あら、何かしら？」

「それは、秘密」

千歳はいたずらっぽい目で答え、ちらりと団を見やった。団もにやりと笑って頷いた。何か趣向があるのだろう。

「それじゃ、楽しみにしてるわ」

一子が言うと、二人は一礼して、別の招待客の方へ歩いて行った。

「こういう結婚式、良いわね。花嫁花婿がちゃんとお客さんに挨拶して回って」

二三が誰にともなく呟くと、一子と皐も頷いた。

「ひな壇《だん》に座ってるのが当たり前になってるけど、考えてみれば変な話よね。自分たちのお祝いでご祝儀もいただいてるのに、挨拶にも行かないっていうのは」

大東《だいとう》デパート勤務時代、招待された同僚の結婚式では花嫁が四回お色直しをして、ほとんど席の温まる暇もなかった。バブルの頃だったから式の演出も派手で、ご祝儀も弾んだものだが、何の感慨も残っていない。

「お客さんもちょうどいい人数だね。百人も二百人も呼んだら、一人一人と話してる暇なんかないもの」

一子が会場を見渡して言った。確かに、お客さんはほぼ五十人。みんな団と千歳の直接の知合いで、話題にも事欠かない。

「でも、大変ですね。あの二人、ずっと挨拶に回って、何も食べてないですよ」

「良いのよ、さっちゃん。一生に一度の晴れ舞台なんだから」

「そうそう。ご飯なんか、式が終わればいくらでも食べられるんだから」

それに式が始まった時の団と千歳の緊張ぶりは、おそらく「飯も喉を通らない」状態だったろう。

用意した料理を招待客が一通りつまんだころ、司会役の開が再び会場の中央に進み出た。

「皆さま、宴たけなわではございますが、料理研究家の菊川瑠美様から祝電を賜《たまわ》りましたので、ご披露させていただきます」

開は二つ折りの紙を開き、読み上げた。

「団さん、千歳さん、おめでとうございます。末永いお幸せをお祈りいたします。愛は甘く、でも料理は塩加減をご大切に」

会場からは小さな笑い声が漏れた。

「続きまして、新郎新婦の友人を代表いたしまして、ご挨拶を賜りたいと存じます」

開は一礼すると、手を差し伸べて同年代の男性を中央に招いた。

「え〜、新郎の高校の同級生で、滝藤《たきとう》といいます。一年から三年までずっと同じクラスでした」

滝藤は高校時代の団のエピソードをいくつか紹介したが、それは今の団に通じるものだった。穏やかで争いごとが嫌い、自己主張するタイプではないが、何かあると級友に相談を持ち掛けられる、頼りになる存在だった……。

「僕が団の別の一面を知ったのは、高校を卒業してからです。彼は教職を志して教育学部のある大学に入学しました。彼は教師に向いてるタイプだと思ったので、良い選択だと思ってました。そしたら、半年もしないうちに学校をやめたと聞いて、心底ビックリでした」

団は大学を中退し、翌年、別の大学の農学部に入学した。そして卒業後は、実家の農業を手伝いながら、野菜の移動販売の仕事を始めて今日に至っている。

「入学したばかりの大学をやめるのは、十代の人間にとってはものすごく大きな決断です。日頃は物静かで穏やかな団のどこに、そんな激しい情熱があったのか、まるで知りませんでした。僕はその時、自分の浅はかさを思い知りました。人も物事も表面だけ見ても分らない、奥には別の顔もある……団はそれに気づかせてくれました。それ以来、僕はますます団が好きになりました」

おそらく、団には十代の頃すでに自分の進むべき道が、おぼろげながらも見えていたのだろう。たまたま選んだ教職の道は方向が異なった。だから迷うことなくそれを捨て、本来の道を選び直した。

それが出来たのは、団に信念があったからだ。言い換えれば自分を信じる気持ちだ。それがないと世間一般の多数派から離れるのは難しい。周囲の雑音に耳をふさがれて、心の声が聞こえなくなってしまうから。

「……こんな美人と結婚して、なんて運の良い奴《やつ》だろうというのが、こういう挨拶の定番ですが、僕は違います。団のような好《い》い男を伴侶《はんりょ》に選ぶとは、本当に奥さん、お目が高いです！」

滝藤は笑いで締めくくって、挨拶を終えた。お客さんたちが拍手喝采《かっさい》したことは言うまでもない。

続いて、千歳の友人代表が登場した。閑谷《しずたに》ケイと名乗った女性は千歳とは対照的に大柄で、骨太でたくましい感じだった。調理学校時代の同期だが、今はイタリアンの店でスーシェフを務めているという。その店は、二三でも名前を知っているくらいの名店だ。

「私と千歳は、どういうわけか、入学したその日からウマが合って、いつも一緒にランチしてました。それで二十四期の凸凹《でこぼこ》コンビって言われてからかわれたりしたんですけど、楽しかったです」

ケイは調理学校時代の楽しいエピソードを二、三披露した後、急に真面目な口調になった。

「千歳は、ある意味人生の恩人です。決して大げさじゃなくて、私、千歳がいなかったら、途中で挫折《ざせつ》してたかもしれないんです」

ケイは子供の頃から大柄で、地元では小学校から高校まで肩身の狭い思いをした。女の子は小柄で華奢《きやしや》な方が可愛《かわい》いという固定観念が、地方では都会以上に強く残っていて、秘《ひそ》かに「女ゴリラ」とあだ名されたことさえある。

「就職して間もない頃、意地の悪い先輩に面と向かって身体のことでからかわれて、もう悔しくて、情けなくて、店を辞めようかと思い詰めました。千歳に会って相談したら、ものすごい剣幕で怒られたんです」

千歳はケイを「ぜいたくだ！」となじった。それまで千歳とケンカしたことなどなかったので、ケイは呆気《あつけ》にとられた。

「私がどれだけあんたが羨《うらや》ましいか分る？　料理は力の世界なんだよ。背が高くて筋肉が多い方が有利なんだよ。高い所のものが取れるし、重い鍋が持てる。初めて会った時から、私はあんたが羨ましくてしょうがなかった。なれるものなら、ケイの身体と入れ替わりたかったよ。それなのに、自分の身体がイヤだなんて、ぜいたくだよ！」

千歳は顔を真っ赤にして、ぼろぼろと涙をこぼしながら怒鳴った。それを見るうちに、ケイの心からは憑《つ》き物《もの》が落ちるように、大きな身体へのコンプレックスが消えていった。

「確かに、料理のことだけを考えたら、千歳の言う通りでしょう。でも、それとは関係なく、私のために本気で怒って、本気で泣いてくれる人が目の前にいる……それが私を救ってくれたんです」

ネガとポジが入れ替わるように、ケイの心根は変化した。大きな身体をからかう先輩の嫌味を「賛辞」と受け取り、明るく前向きに仕事に取り組み、どん欲に知識と技術を吸収した。

「一昨年《おととし》、私はスーシェフに任命されて、その先輩は店を辞めました。今では少しも恨んでいません。可哀想《かわいそう》な人だと思ってます。それにあの先輩のお陰で、後輩に対する心遣いが出来るようにもなりました。その点、感謝もしています」

ケイは再び笑顔を見せ、団と千歳に目を向けた。

「先ほど新郎のご友人が、千歳はお目が高いと仰《おっしゃ》いました。私も同じ言葉を言わせていただきます。千歳のような素晴らしい女性を伴侶に選ぶなんて、ご主人、本当にお目が高い！」

会場はまたしても盛大な拍手に包まれた。中には感動のあまり涙を拭《ぬぐ》う人もいて、二三と一子もハンカチで目頭を押さえた。

和やかに時は流れ、いつの間にか式が始まって一時間以上が過ぎていた。

開が再び会場の中央に歩み出た。

「皆さま、これから本日のメインディッシュの登場です。どうぞ、ご注目ください」

入り口に、団の母・久澄と千歳の弟の妻・凪が、ワゴンを押して現れた。ワゴンの上の大皿には、真っ白いおむすびと緑の葉の漬物が盛られていた。

「こちらは新婦、相良千歳さんの実家で育てたお米で作ったおむすびと、新郎、松原団の実家で育てた小松菜の漬物です」

開が手を差し出して招くと、久澄と凪はワゴンを押して会場の中央に進んだ。

二人は招待客に向かって一礼し、まず久澄が口を開いた。

「私どもは控室に炊飯器を持ち込みまして、お米を炊《た》き上げました。それから、凪さんと二人で握りました。炊き立て、握り立てのおむすびです」

そう言えば、式の途中から久澄と凪の姿が見えなくなった。それはこういうわけだったのか。

「小松菜は江戸川区の名産です。松原さんが手塩にかけて育てた菜っ葉だから、美味しいに決まってます。どうぞ、沢山召し上がってください」

凪の口上が終わると二人は退き、代わって伸一が登場した。

「晴れの結婚式のご馳走《ちそう》が、塩むすびと菜っ葉のお香香《こうこ》というのは、あんまりしみったれでないかと思われるかもしれません。ただ、私は娘の結婚式には、どうしても皆さまに召し上がってほしかったんです」

伸一は会場の中央に立ち、じっと宙を見つめた。

「私と亡くなった家内の縁は、この塩むすびが結んでくれました」

三十数年前、伸一は農協関連の用事で東京へ赴き、一泊して翌日、朝一番の東北新幹線に飛び乗った。あわてていたので朝食抜きで、途中のコンビニで買うのも忘れていた。

通路を挟んだ横の席に、若い女性が座っていた。それが千歳の母、千鶴《ちづる》だった。東京に嫁いで出産した姉を手伝うために上京し、ひと月ほど滞在したのち、故郷の郡山《こおりやま》に帰ろうとしていた。

「あの頃、私は正直、農家の仕事に嫌気がさしていました。日本人はどんどん米離れが進んで、消費量は落ちる一方でした。その上、国は減反政策ばかり推し進める。一生懸命稲を育てて美味しい米を作っても、誰も喜んでくれない。そう思うと虚《むな》しくて……」

やがて新幹線が大宮《おおみや》を離れると、千鶴はテーブルを出した。包みを載せて広げると、中から真っ白いおむすびが現れた。その脇には小松菜らしき漬物が添えてある。

見るともなく横目で見て、仲一は思わずごくんと生唾を飲んだ。千鶴は白銀のように輝くおむすびを手に取り、美味そうに頬張った。仲一は耐えきれずにまたしても生唾を飲んだ。と、突然腹がぐうっと大きな音を立てた。

抑えようとしたが抑えられるものではない。千鶴が仲一の方を向いた。恥ずかしさのあまり仲一は赤面した。車内販売が来れば、こんなことにはならなかったのに。

と、千鶴はおむすびの載った包みを仲一の前に差し出した。

「おひとつ、どうぞ。ただの塩むすびで、愛想ないけど」

「あ、ありがとうございます！」

恥も外聞もなく、仲一は塩むすびを一つ受け取り、夢中で頬張った。

「生まれてから、こんな美味いもんは食ったことない、と思いました」

同時に、自分が作っている米は、こんなにも美味い食べ物なんだと再認識した。すると、それまで重くのしかかっていた倦怠《けんたい》と虚無感が、風で吹き飛ばされるように霧散していった。

「現金なもんですね。もしかしたら、それまで忘れていたものを思い出したのかもしれません。俺は美味い米を作ってんだっていう気持ちの張りを」

伸一は丁寧に礼を言って、自己紹介した。車内販売が回ってくると、千鶴にコーヒーとアイスクリームを買って返礼した。

「降りる駅が同じ郡山で……今度の休みにお茶でもってことになり、それから何度も会うようになって、家内と結婚しました」

伸一はほんのりと、幸せそうに微笑んだ。

「娘が料理人を目指して東京の調理学校へ行ったとき、これでもう、郡山との縁は切れてしまうのだと思いました。東京で働いて、東京で店を持ち、東京の人と結婚して……自分も東京の人間になってしまう、と」

そこで一度言葉を切り、愛《いと》おしそうに新郎新婦を見つめた。

「でも、松原さんのお宅が農家だと知って、ご縁がつながったような気がしました。二人は結ばれるべくして結ばれたんじゃないか、そんな気がしたんです。もしかしたら、亡くなった家内の塩むすびが結んだ縁が、今につながってるんじゃないか、そんなふうに思えるんです」

仲一は挨拶を終え、深々と頭を下げた。会場は静かな感動に包まれたが、やがて小さく拍手の音が鳴り、次第に会場全体に広がった。

「さあ、皆さん、温かいうちに召し上がってください」

開が声をかけると、招待客は一人ずつワゴンに近寄り、塩むすびと小松菜の漬物を紙皿に取り分けていった。

二三と皐もワゴンから紙皿を手に、壁際の椅子に戻ってきた。

「はい、お姑さん」

一子の膝《ひざ》に紙皿を載せた。

「いただきます」

三人は神妙な面持ちで塩むすびを一口食べた。

炊き立ての美味しいお米で握った塩むすびは、それだけで「何もいらない」と思わせるほど美味しかった。強烈な自己アピールをするわけではないのに、いつの間にか心と胃袋を鷲摑《わしづか》みにしてしまう、優しい魔法の味だった。

「……縁むすびの味ね」

二三がため息と共に呟くと、一子も皐も、黙って大きく頷いたのだった。

第二話▲グラタンの遺伝子

どんよりと重い雲が垂れこめ、足元から底冷えする空気が這《は》い上がってくる、二月を象徴するような日曜日の午後だった。

二三《ふみ》は会葬者に交じってセレモニーホールの玄関先に立っていた。玄関先は広めの駐車スペースになっていて、霊柩車《れいきゅうしゃ》を見送れるようになっている。こんな寒い日に吹きさらしの道路で待たなくて良いのはありがたかった。

やがて奥に停《と》まった霊柩車が、出棺の合図のクラクションを鳴らした。会葬者たちは一斉に合掌して黙とうした。二三も心の中で「さようなら」と別れを告げた。

今日はかつての高校の同級生、友永信久《ともながのぶひさ》の告別式だった。妻のゆずもかつてのクラスメートで、夫婦共に二三の同窓生だ。

合掌を解いて目をあけた。周囲の一団は同窓生で固まっている。東京の高校生は大学卒業後、首都圏で就職することが多く、地元定着率が高い。クラス会の集まりも良く、二三も年に一度は高校の〝女子会〟に顔を出しているのだが、皮肉なことに同じ理由で葬儀の集まりも良かった。

「トモ君がこんなに急に亡くなるなんて、まだ信じらんない」

リンダこと旧姓林田朱美《はやしだあけみ》が呟《つぶや》くと、イブこと旧姓伊吹早苗《いぶきさなえ》がやんわりと補足した。

「私もヤスコに聞いてびっくりしたんだけど、還暦同窓会の翌年、急に再発して、それからずっと闘病生活だったんだって」

ヤスコとはゆずの旧姓安井《やすい》からついた呼び名だ。

「あんなに若々しくて、元気そうだったのに……」

二三は還暦同窓会に、真っ赤なロングコートを着て颯爽《さっそう》と現れた友永の姿を思い浮かべた。あの時は「グループ・サウンズじゃあるまいし」とからかったが、自分たちの同級生がいつまでも若々しいのは、内心とても嬉《うれ》しかった。

しかし、実はその三年前、友永は心臓疾患で手術を受けていたのだった。再発したら回復は難しいと医師に宣告されたと、ゆずは喪主の挨拶《あいさつ》で語っていた。

「幹事ですごい頑張ってくれたから、それが祟《たた》って病気が出たのかな」

朱美がため息を漏らした。いつも幹事として女子をまとめてくれるのは朱美と早苗で、男子をまとめてくれたのが友永だった。それで数年前、還暦を記念して男女合同の会を開催するに当たっては、友永は八面六臂《はちめんろっぴ》の活躍をしてくれた。

「でも、ヤスコはトモ君はすごく喜んでたって言ってたよ。定年で元気なくしてたのが、別人みたいに生き生きしちゃってたって」

朱美を励ますように言った早苗に続いて、二三も口を添えた。

「結局、寿命だったんだと思うよ。家族に見守られて十分な医療を受けて、それで力尽きたんだから」

「私もそう思うわ」

それまで黙っていた保谷京子《ほやきようこ》が口を開いた。京子も夫を心臓の病で三年間の闘病の末喪《うしな》うという、辛《つら》い経験をした。

「トモ君は発病してから亡くなるまで、ご家族と過ごす時間を充分に与えられていたわけでしょう。それはある意味幸せじゃないかしら。自分がいなくなった後のことも相談できるし、気持ちの準備もできるし」

「私ね、トモ君は幸せだったたって思うの」

旧姓真田《さなだ》もと子《こ》、サナちゃんがキッパリとした口調で言った。

「そりゃあ、老衰で天寿を全うするのが一番良いのかもしれないけど、今の天寿って九十歳、人によっては百歳超えよね。家族の負担も半端ないわよ」

もと子と夫は共に一人っ子だったため、夫婦二人で四人の老親の介護をした。そして夫の両親と自身の父親を看取《みと》り、母親は現在介護施設に入所しているという。

「でも、トモ君は最後まで奥さんとお子さんに慕われて、尊敬されて、惜しまれつつ亡くなったわけでしょ。それに、お子さんたちはもう一人前だし。男としても、父親としても、悪い人生じゃなかったと思うわ」

もと子の言葉には体験に基づいた説得力があり、周囲にいた同級生はみな、大きく頷《うなず》いた。

「私ね、この頃《ごろ》しみじみ思うんだけど……」

マッキーこと旧姓松木《まつき》の柳井理沙《やないりさ》が、自分に言い聞かせるように言葉を絞り出した。

「家族は別として、赤の他人が、死をその人の生涯の最大のイベントにしちゃいけないって。トモ君は明るくてセンスが良くて、すごく楽しい人だったでしょ。だから私たちも、楽しい思い出を大事にしないといけないと思うのよ」

理沙は最後は涙で言葉を詰まらせた。高校時代、友永と理沙は演劇部に所属して、部長と副部長を務めた。だから思い出も、普通のクラスメート以上に濃密なのだろう。

「ほんとよね。いっぱい笑わせてもらったもん。これからも、楽しいことだけ思い出そうよ」

最後に二三が締めくくった。

葬儀を終えて解散になっても、久しぶりに会った女子会メンバーたちは別れがたく、そのまま近くの喫茶店に場所を移した。

飲み物の注文を終えると、皆ひとしきり近況を報告し合った。やがて話が一段落した後は、自然とよもやま話に移行した。

「サナちゃんのお母さんは、おいくつなの?」

サッカー部の女子マネージャーをしていた元同級生が尋ねた。旧姓は南野《みなみの》で「ナンノ」と呼ばれていたが、一年先輩の部員と結婚し、今は岡林美和《おかばやしみわ》という。

「九十六」

「そう。お元気?」

「何て言ったらいいのかしら。一日中うつらうつらしてるわ。会いに行っても、私の顔を忘れてることもあるし」

「でも、穏やかなんでしょう?」

「そうね。夢の中にいるから」

美和は考え深そうな顔で頷いた。

「それが一番よ。あれこれやらかして、子供に迷惑がられるお年寄り、何人も知ってるわ」

美和は薬学部に進んで薬剤師となり、実家の調剤薬局を継いだと聞いた。大きな総合病院の近くなので、処方箋《しょほうせん》を持ってくるお客さんは、ほぼ百パーセントその病院の患者だという。

「あそこ、高齢者医療センターを併設してるから、お年寄りの患者さんが多いの。いやでも色々耳に入ってくるわ」

美和の言葉に、みな同感だった。自分は体験しなくとも、厄介な年寄りを抱えた家族の話は見聞きしている。

「うちの伯母、九十二歳なの。母とは一つ違いで……」

早苗はついでのように口を開いたが、その声はいつもとは別人のように暗かった。

「元々猜疑心《さいぎしん》の強い性格だったんだけど、歳《とし》取ったら病的になってね。おまけに妄想が加わるもんだから、もう手が付けられなくて」

毎日のように早苗の母に電話をかけては、ありもしない被害を訴えるのだという。「孫が箪笥《たんす》に入れておいた金を盗んだ」に始まり、「部屋の中に殺人犯が隠れている」、挙句の果てに「亡夫の愛人が夫の仏壇に花を手向けて帰って行ったのは、息子の嫁が手引きしたからだ」など、常軌を逸した言葉が止まらない。

「それをまた、近所中に言いふらして回るんだって。一番の被害者は息子……つまり従兄《いとこ》と奥さんなんだけど、うちの母もスマホの表示で伯母の名前を見ただけで、動悸《どうき》がするようになっちゃってね」

早苗はうんざりした顔で頭を振った。

「うちの母は、自分にも同じ血が流れているから、いつか姉ちゃんみたいに家族に迷惑をかけるようになるんじゃないか、考えると怖くてたまらない、そうなる前に死にたいって言うのよ。母はお人好《よ》しで能天気な性格なのに。お母さんは絶対、伯母ちゃんみたいにならないから大丈夫って言ったんだけど……」

ため息交じりに言葉を吐き出した。

「九十過ぎて余計な心配しなくちゃならないなんて、可哀想《かわいそう》でね。ホント、同じ姉妹なのに、どうしてこうも違うんだか」

「それが遺伝子の恐ろしさなのよ」

ほとんど断言するように言い切ったのは、美和だった。

「ホントはこんな話をするつもりはなかったんだけど、もしかして、皆さんにも関係あるかもしれないから」

美和は言い淀《よど》むように言葉を切ったが、深呼吸して先を続けた。

「実は去年、うちの孫娘が脳梗塞《のうこうそく》を起こしたの」

二三は一瞬聞き違いではないかと思った。美和の孫ならまだほんの子供のはずでは。

「十六歳。去年、高校に入ったの。私も娘も結婚が早かったから」

美和は一同の疑問を察したように解説を加えたが、それでも高校生の女の子が脳梗塞を発症するとは、聞いたことがなかった。

「検査で分ったんだけど、娘には脳梗塞の原因になる遺伝子があって、それが孫に伝わったんですって。娘の遺伝子は、私から伝わったものなのよ。主人にはなかったから」

二三はすぐには美和の言葉が理解できなかった。脳梗塞は脳血管疾患の一つで、食生活などから来る生活習慣病が原因だと聞いているが。

「脳梗塞は遺伝的要因と後天的要因があって、後天的要因は食生活その他の生活習慣なの。後天的な要因は結構前から医学的に突き止められていたんだけど、遺伝の方は、遺伝子解析の研究が進歩するまで分らなかったのよ」

現在日本人の脳血管疾患による死者は年間十一万人にのぼり、死因の四番目に当たる。食生活その他の改善によって半世紀前よりかなり減少したが、それでも欧米人に比べて発症率が高いことから、遺伝的要因があるのではないかと疑われてはいた。医療チームの研究によって脳梗塞を発症させやすい遺伝子（感受性遺伝子と呼ばれる）が特定されたのは、二〇一九年のことだった。

ちなみに、感受性遺伝子の保持者がアテローム血栓性脳梗塞を発症するリスクは、保持しない者の三・五八倍だという。

「うちは両親とも脳梗塞にならなかったし、私も定期健診で注意されたこともないし、まさか自分に脳梗塞の遺伝子があるなんて、夢にも思わなかったわ。娘も同じ。血圧も血糖値も正常で、健診はいつもA判定だったのよ。それが、孫の代になって悪さするなんて。ずっとおとなしくしてたくせに、どうして今になって……」

美和はやりきれないといった顔で、唇をかんだ。

「うちの孫、サッカーが好きで、女子チームに入って《なでしこジャパン》を目指してたの。主人はものすごく喜んでね。ほら、私たちの頃はJリーグもなかったじゃない。だから五十年越しの夢を叶《かな》えてくれるかもしれないって。でも、医者は激しい運動はやめて下さいって。孫も泣いたけど、主人も男泣きしてた。私、孫にも娘にも申し訳なくて……」

美和はそこで声を詰まらせ、洟《はな》をすすった。

同情に堪えない話で、二三も他の同級生たちも、しばしかける言葉が見つからなかった。

「それで、お孫さんは今はどうしていらっしゃるの？」

穏やかな口調で尋ねたのは京子だった。

「ええ。幸いなことに手当てが早かったんで、大ごとにならずに済んだわ。もう退院して普通に学校に通ってる。後遺症もなかったし」

美和は気を取り直して、落ち着いた声で答えた。

「そう。良かったわ。取り敢《あ》えずおめでとう。それで、お気持ちの方は多少は回復された？」

「ええ。アスリートの食事をサポートする管理栄養士になりたいって言い出した。若さってすごいわね。ダメージ受けても、すぐに立ち直れる」

「ご両親の愛情と、それに遺伝の力もあるんじゃないかしら」

京子は力づけるように微笑《ほほえ》んだ。

「引きずらないで気持ちを切り替える力、前を向いて歩き始める力、それはご両親から受け継いだものでしょう。言い換えればナンノちゃんから娘さんへ、お孫さんへと伝わった遺伝子のたまものじゃないの」

美和の瞳《ひとみ》に輝きが戻ってきた。京子はその視線を受け止めて、力強く頷いた。

さすが保谷さんだわ……。

二三は改めて京子に尊敬の念を覚えた。学校一の秀才は伊達《だて》じゃない、人の心を救うための知恵を備えているのだ。

「あのう、ちょっと立ち入ったことを訊《き》いて良いかしら？」

理沙が遠慮がちに片手を挙げた。

「ええ、どうぞ」

「お孫さんの一家だけでなく、ナンノとご主人も遺伝子検査を受けたみたいだけど、それは病院に言われて？」

理沙の言葉で二三も気が付いた。両親は分るが、普通病院で祖父母にまで遺伝子検査をするものだろうか。

「ううん。私が個人的に依頼して検査してもらったの」

一同の顔に浮かんだ「どうしてそこまで？」という疑問を読み取って、美和は説明を続けた。

「孫が救急搬送された後、うちで働いてる薬剤師に勧められたの。あのう、彼女、頼りにしてる霊能者がいるのね。その人が『その家には母から娘へ、孫へと続く悪い流れがあるから、早めに断ち切った方が良い』って言ったんですって」

突然飛び出した「霊能者」という単語に、二三も他の同級生も、一瞬唖然《あぜん》として口を半開きにしそうになった。

「みんなが呆《あき》れる気持ち、分るわ」

美和は少しも反発せず、淡々と答えた。

「私だって、孫が健康な時にそんなこと言われたら、塩まいてたかもしれない。でも、あの時はもう混乱して、藁《わら》にも縋《すが》る気持ちだったから」

二三はすぐに反省した。確かにその通りだ。二三だって要《かなめ》が救急搬送されたら、取り乱して冷静な判断力を失うだろう。

「ねえ、ナンノはその霊能者と面識があったの？」

理沙が再び訊くと、美和は首を振った。

「会ったこともないのに、どうしてナンノのことが分るの？」

「鴻上《こうがみ》さん……霊能者のお名前ね。鴻上さんは直接会わなくても、その人の身近な持ち物で分るらしいわ。うちの薬剤師、私が出した年賀状を見せたのよ。そしたら私のこと色々言い当てて、最後に『悪い流れがある』って言ったんで、ビックリして私に教えなくちゃって思ったんですって」

一同は誰《だれ》からともなく顔を見合わせた。その顔から胡散臭《うさんくさ》そうな表情は消え、不思議そうな思いが表れた。

「でも、今は鴻上さんにすごく感謝してるわ。お陰で脳梗塞を起こしやすい遺伝子を持っていることが分ったわけだし」

美和はカップに残った紅茶を飲み干した。

「あれから孫は定期的に病院で検査を受けて、薬を処方されてるの。娘も食事にはこれまで以上に気を付けてる。何も知らないで生活するより、再発のリスクは減らせるでしょ」

「そうよね」と頷いたが、二三は遺伝というものの理不尽さを痛感していた。

アスリートを目指していたくらいだから、美和の孫だって健康的な食生活を心掛けていたことだろう。それでも脳梗塞を発症してしまった。本人がどれほど気を付けても、まるで落とし穴のように、災難は犠牲者を待ち受けている。

「ナンノはその後、鴻上さんとは直接会ったりした？」

理沙が尋ねると、美和は「うん」と答えた。

「一度お礼に伺ったわ。全然ぶったところのない気さくな人よ」

そこで朱美が、みんなが一番知りたかった事を質問した。

「壺《つぼ》とか鏡とか勧められなかった？」

「全然」

美和は大きく首を振った。

「鴻上さんは、そういう人じゃないのよ。お孫さんには災難だったけど、とにかく気を楽にして、皆さん元の生活に戻りなさいって言ってくれて。他にも色々と心配事を相談しちゃったんだけど、親切に答えてくれて、すごく気が楽になった」

美和はほっと息を漏らした。

「心配なことがあったら、いつでもいらっしゃいって。だから今度、孫のノートを持って行こうと思ってるの。もしかして、再発の危険を予知してもらえるかもしれない」

二三の心にはちらりと不安が兆した。過去の因縁を察知する能力と、未来の出来事を予知する能力とは違うのではあるまいか。そしてその二つの能力は、一人の人間の中に共存するのだろうか？

しかし、美和の顔を見ると、その疑問を口にすることははばかられた。孫が不幸な災難に襲われ、やっと回復したものの、いつまた同じ災難に襲われるか分らない。その不安の中で、やっと見出《みいだ》した一筋の光明が、どうやら鴻上という霊能者のようだ……。

素早く同級生たちの顔を見回すと、皆二三と同じ気持ちらしく、賛成はできないが反対もできないといった、曖昧《あいまい》な表情を浮かべていた。

「じゃあ、そろそろ出ましょうか」

女子会の幹事役の朱美が腕時計に目を遣《や》り、声をかけた。

「夏になったら、また集まろうね」

「そうね。流行病《はやりやまい》で連続三年、リアル女子会できなかったもんね」

「今年はパーッとやろうよ」

みな口々に言い、椅子《いす》から腰を浮かせた。レジに向かおうとして、二三の視界を理沙が横切った。

マッキー？

理沙の横顔は妙に硬く引き締まっていた。何か思い詰めている感じがしたが、余計なおせっかいを焼くのもためらわれた。そのまま店を出て、タクシーを拾った理沙と別れ、同級生たちと駅に向かった。


「若い娘さんが、気の毒にねえ」

一子《いちこ》は気の毒そうに眉《まゆ》をひそめた。

「私も、脳梗塞を起こしやすい遺伝子があるなんて知らなかった」

二三は帰りにデパ地下で買ってきたブロッコリーと海老《えび》のサラダに箸《はし》を伸ばした。近所のスーパーなら百グラムで六百円もするサラダを買うなどありえないが、デパ地下には女の理性を狂わせる魔力が潜んでいて、花園のような美しい色どりに誘われ、つい財布のひもを緩めてしまう。

「体質とか体型は遺伝するんだろうって漠然と思ってたけど、遺伝子レベルで細かく決まってるなんてね」

「今は遺伝子解析で、どういう病気になりやすいか、かなり詳しく予測できるのよ」

要は牛頬《ほほ》肉の赤ワイン煮込みを一箸ちぎって口に入れた。

「もう十年くらい前かな。アンジェリーナ・ジョリーが遺伝子検査を受けて、乳癌《にゅうがん》になる可能性が高いっていうんで、乳房切除手術を受けたのよ」

一子が大きく目を見開いた。

「切除って、取ったってこと？　そんなことして大丈夫なの？」

「本人は癌の危険に怯《おび》えずに生きる選択をしたって、署名記事書いてたと思う。再建手術も成功して、女優業には支障きたしてないみたいよ」

一子はそっと胸に手を当てた。

「あたしはもうこの歳だから今更どうでもいいけど、若い女性だったら、可能性だけでそこまで踏み切れない気がする」

「まあ、医療関係者の間ではかなり否定的な論もあったみたいだけど。切除が必ずしも予防につながらないって意見と、癌になりやすい遺伝子があっても必ず発症するとは限らないって意見。それと、アンジェリーナ・ジョリーほど恵まれた立場にない女性にとっては、時間とお金がかかりすぎて、現実的な選択肢にならないって意見が代表かな」

要は牛頬肉の赤ワイン煮込みをつまんで缶ビールを一口飲むと、残念そうに呟いた。

「これがあるって分ってたら、赤ワイン買って来たのに」

二三は白身魚のロール巻を食べてみた。ホタテのムースを白身魚で巻き、オーブンで焼いて香草風味のソースをかけた料理だ。一個千五百円したが、家庭では作れない手の込んだ料理なのだから、仕方ない。

それにしてもフレンチって、ご飯のおかずにならないわね。五目おこわ買ってきて良かった。三原《みはら》さんの言う通り、ご飯に合う洋食を考え出した日本人は偉大だわ。

二三がのんきなことを考えていると、一子が誰にともなく言った。

「これからもっと科学が発達したら、遺伝子を調べて、将来その人がかかる病気を予防できるのかしらねえ」

「そうなるんじゃない。遠からず癌は遺伝子レベルで予防できる病気になると思うよ。世界中、研究開発にものすごいお金かけてるもん」

要が鮭《さけ》とホウレン草のグラタンを自分の皿に取り分けた。

「パスタでは定番の組み合わせだけど、グラタンは珍しいね」

「でしょ。今度、店でも出そうと思って」

二三は一子の分も小皿に取り分けた。

「お姑《かあ》さん、二月のうちにグラタン祭りやらない？　肉、野菜、魚介、色んな組み合わせで作れるし」

「そうね。寒い季節には熱々の料理がほしくなるものね」

要は唇の端についたホワイトソースを美味《うま》そうに舌でなめ取ると、思い出したように付け加えた。

「お祖母《ばあ》ちゃん、植物の分野ではもう、遺伝子操作が当たり前になってるよ。ほら、遺伝子組み換え大豆ってあるじゃない」

「ああ、そうだねえ」

一子の頭には「遺伝子組み換え大豆は使用しておりません」と表示された豆腐や納豆、醬油《しょうゆ》などの製品が浮かんだ。

「でも、品種改良は昔からやってたよ。リンゴだって国光《こっこう》からスターキングデリシャス、ふじ……って、どんどん美味《おい》しくなってきたし。ああいうのと遺伝子組み換えは、どこが違うの？」

「私もよく知らないけど、昔ながらの品種改良より遺伝子組み換えの方が、ピンポイントで成果が出て、時間もかからないんだって。それと、植物にそれ以外の生物の遺伝子を組み入れることもできるんだって。例えば、植物に細菌の遺伝子を組み込んで、病気に強い品種を作り出すとか」

遺伝子組み換え技術が従来の品種改良と異なる点は、人工的に遺伝子を組み換えるため、種の壁を越えて他の生物の遺伝子を導入することができる点だ。それによって農作物等の改良の範囲を大幅に拡大できたり、改良の期間が短縮できたりする。

ただ、その作物を長期間摂取することによって、人体にどのような影響を及ぼすかは、議論の的になっている。遺伝子組み換え飼料を与えられた家畜を食べ続けた場合も同様で、未《いま》だに結論は出ていない。

「じゃあ、頭のおかしい科学者がその気になれば、フランケンシュタインの怪物みたいな生き物を作れるのかしら」

一子は心配そうに眉間《みけん》にしわを寄せた。

「恐ろしい世の中になったもんだわ」

しかし要は気にする風もなく、からかうような口調で言った。

「お母さん、そんなこと言ったら、料理だって化学反応じゃない。調味料と調理法で、同じ食材を全然別の料理に出来るんだから」

グラタンをスプーンですくうと、目の高さに上げてから口に運んだ。

「素材の数だけグラタンがあるし、鮭とホウレン草を使った料理もいっぱいあるでしょ。遺伝子組み換えの心配より、料理の心配する方が生産的だと思うよ」

「ごもっとも」

二三はテーブルに並べたデパ地下のご馳走《ちそう》に目を移した。今日は羽目を外して散財をしてしまったが、転んでもただでは起きない。

「お姑さん、明日からグラタン祭り、しようね」

「そうね」

一子も屈託なく返事して、グラタンをスプーンですくった。


「お宅でグラタンって、初めてじゃない？」

黒板に書かれたランチメニューを見たワカイのＯＬが皐《さつき》に尋ねた。本日のワンコインメニューはマカロニグラタンとなっている。

「はい。二月のうちに、冬のメニューで出したいと思いまして」

皐は前から決まっていたように淀みなく答えたが、実は今朝出勤した途端に「今日のランチ、ワンコインでグラタンやるから」と二三に言われたのだった。

「具材、マカロニと何？」

「鶏肉《とり》と玉ネギです」

「じゃあ、私、グラタン。プラス五十のセットで」

プラス五十のセットとは、味噌汁《みそしる》、漬物、サラダに小鉢二品付きで、七百五十円という意味だ。

「私も同じで」

四人で来店したグループのうち、三人が同じメニューを頼んだ。四人ともすでに五年越しの常連さんで、新メニューには敏感に反応してくれる。

今日のランチは日替わりが肉野菜炒《いた》めとサーモンフライ、焼き魚が鯵《あじ》の干物、煮魚が鯖《さば》の味噌煮。小鉢は切り干し大根と、プラス五十円で小松菜とツナの中華和《あ》え。味噌汁は長ネギと油揚げ、漬物は一子手製の白菜漬け。これにドレッシング三種類かけ放題のサラダが付き、ご飯と味噌汁はお代わり自由。

この内容で一人前七百円は、現代ではほとんど奇跡に近い。もっと安い定食屋はあるだろうが、手作りにこだわり、栄養バランスを考え、季節感を大事にしているのははじめ食堂の専売特許だと、二三も一子も皐も自負している。

「私、肉野菜炒め定食でプラス小鉢。半ライスね」

四人グループの最後に注文を決めた女性は、三年前から糖質ダイエットを始め、それ以来ご飯の量は控えめになり、時々半ライスでも半分残す。しかしその効果はあったようで、明らかに一回り細くなった。聞けば洋服のサイズがワンサイズダウンしたという。

「ほんとはグラタン食べたいけど、マカロニは糖質だもんね。ホワイトソースにも小麦粉入ってるし」

ダイエット女性が残念そうにボヤくと、連れがけしかけるように言った。

「グラタンにしちゃえば？　ダイエットの一番の敵はストレスだって何かで読んだわ」

するとその言葉を待っていたかのように、ダイエット女性はあっさり注文を変えた。

「そうよね。さっちゃん、私もグラタンセットにする」

「はい、グラタンセットで」

皐は四人の注文を厨房《ちゅうぼう》に通してから、ダイエット女性に声をかけた。

「ダイエットの効果を高めるには、チートデイを活用することです。今日のグラタンも、明日からのダイエットの役に立ちますよ」

確信に満ちた口調に、女性は嬉しそうに微笑んだ。

「さっちゃんにそう言ってもらえると、安心だわ」

チートデイとはダイエット中に設ける「好きなものを自由に食べる日」のことで、上手《うま》く使うことでストレスを減らし、基礎代謝を維持する効果がある。翌日体重が増加しても一時的な現象なので、正しいダイエット生活を続ける限り、気にすることはない。

ただし、チートデイをきっかけにタガが外れ、元の食生活に戻ってしまう危険を孕《はら》んではいるが。

「グラタンのお客さん、多いね」

耐熱容器にホワイトソースを入れながら、一子がそっと囁《ささや》いた。

「八割は女性ね。パスタランチは人気あるから」

茹《ゆ》でたマカロニ、炒めた玉ネギと鶏肉を耐熱容器に盛ってホワイトソースで和え、ピザ用チーズをトッピングしてオーブンで焼く。具材はすべて火が通っているので、チーズが溶けて焦げ目がついたら出来上がりだ。

マカロニ、炒め物、ホワイトソースはあらかじめ作っておき、オーブンも常に二百度で稼働させてあるので、注文が入ってから出来上がりまで、調理の手間はかからない。そして鶏肉は安い。

好評だったら、次は海老やホタテも使ってみようかな。

そんなことを思いながらオーブンの蓋《ふた》を開けると、焦げたチーズの香ばしい匂《にお》いが鼻先に漂った。


「お宅のホワイトソースは本格的ね。ベシャメルソースって言わないと悪いみたい」

野田梓《のだあずさ》がグラタンをフォークですくうと、チーズが糸を引いた。

「お姑さんが、亡くなった孝蔵《こうぞう》さん直伝の作り方を教えてくれたの」

二三が答えると、三原茂之《しげゆき》がサーモンフライを箸でちぎりながら言った。

「このタルタルソースも、孝蔵さん直伝でしょう」

「そうなんですよ。今はどっちもふみちゃんの担当です」

一子が二三と三原を見比べて嬉しそうに答えた。

孝蔵のベシャメルソースの作り方では、小麦粉とバターを炒め、粗熱が取れてから牛乳を少しずつ注いで練るのではなく、温めた牛乳を一気に注ぎ込んで練り上げる。出来上がりは同じだが、「こうすると絶対に失敗しないから」と孝蔵は言ったそうだ。

「それ、すごく大事よ。小麦粉がダマになっちゃったら、ホワイトソース、一巻の終わりだもん」

梓はグラタンを口に入れて、満足そうに頷いた。

「知り合いに、グラタン大嫌いな子がいたの。女の子には珍しいと思ったら、昔、ソースがダマダマのグラタン食べさせられたことがあって、それ以来トラウマなんだって」

「ああ、ありがちな失敗ですね。怖いわ」

皐は顔をしかめて首を振った。

「もしダマになっちゃったら、もうどうしようもないんですか?」

「う〜ん」

二三が思わず腕組みすると、一子がカウンターの隅から答えた。

「そういう時は金属のザルにあけて、上からすりこ木でつぶして濾《こ》せば、大丈夫。本当はスープ濾し器を使うんでしょうけど、うちにそんなしゃれたものはないから」

「ああ、なるほど」

梓が感心したように言ってから尋ねた。

「それも亡くなった孝蔵さんの直伝？」

一子が再び微笑んだ。

「うちの人はおよそ料理で失敗なんかしなかったけど、手当ての方法はいっぱい知ってたわ。ほら、お弟子さんがへまやった時、困るでしょう」

一子の声にわずかに熱がこもった。

「他にも、白ワインを入れすぎて酸っぱくなった時は、重曹を少し入れて中和するとか……門前の小僧であれこれ聞きかじったけど、試す機会がなかったから、ほとんど忘れちゃったわね」

二三も皐も梓も三原も、大いに感服させられた。一度も会ったことのない亡き孝蔵の、料理人気質《かたぎ》に触れたような気がした。

「でもグラタンを嫌いな女性って、少ないと思うわ」

菊川瑠美《きくかわるみ》はそう言うと、お通しの小松菜とツナの中華和えを箸でつまんだ。

「昭和のイメージだと、グラタンは女子供の食べ物って気がする」

「分る、分る。学生時代、初めてのデートで食べたランチ、俺《おれ》はカレーで彼女はグラタンだった」

カウンターの隣に座った辰浪康平《たつなみこうへい》は、生ビールのジョッキを傾けた。

今日のはじめ食堂の夜営業、一番乗りのお客さんだった。最初の一杯は康平は小生、瑠美はグラスのスパークリングワインだ。

「これ、イケるわね」

瑠美がお通しの皿を見直した。

「うん。ご飯にも合いそう」

今日のお通しはランチの有料小鉢だった。茹でた小松菜と缶詰のツナをゴマ油、鶏がらスープの素、豆板醤《トウバンジャン》で和えた簡単料理だが、酒のつまみにもご飯のおかずにもなる。そして冷蔵庫で五日は保存できるので、いざという時のピンチヒッターとしても活用できる。

「さっちゃん、夜のグラタンはマカロニ入り?」

「なしです。お腹《なか》に溜《た》まっちゃうから。ご要望があれば入れますよ」

「なしの方で。茹で卵とホウレン草のグラタンって、さりげなさそうでいて、病みつきになる味よね。あと、カリフラワーの柚子《ゆず》胡椒《こしょう》チーズ焼き、菜の花の明太《めんたい》マヨネーズ和え、あとは……」

瑠美が問いかけるように目を向けると、康平はすぐさまメニューを指さした。

「金目《きんめ》鯛《だい》の煮つけ、いこう。これは日本酒で」

「そうね。決まり」

瑠美がメニューを置くと、今度は康平が半身を傾けた。

「今日はだいやめって焼酎のソーダ割はどう？　ライチの香りが華やかで、飲み口は爽《さわ》やか」

「焼酎なのに？」

「うん。酒蔵独自の香熟芋って品種を原料に使ってるんだ」

「お芋でライチの香りって、不思議ね」

「みんな、蔵元さんの創意工夫と努力の賜物だよ。フラミンゴオレンジはトロピカルな柑《かん》橘《きつ》系の香りだし、知覧《ちらん》Ｔｅａ《ティー》酎《ちゅう》は緑茶の香り。これからまだまだ、いろんな香りの焼酎が出てくるよ」

康平は日本酒と焼酎の未来について、熱っぽく語り始めた。それはこれまでにも何度か聞いた話だが、瑠美は楽しそうに耳を傾けている。話の内容そのものより、酒のルネッサンスを応援する康平の心情に好感を抱いているからだ。

一子は調理に一番時間のかかる、金目鯛の煮つけに取り掛かった。日頃、はじめ食堂ではあまり鮮魚のメニューは出さないのだが、今朝は豊洲《とよす》に仕入れに行った魚政《うおまさ》の主人、山《やま》手《て》政和《まさかず》から「大きさも手ごろだし、かなりお買い得だよ」と勧められて買い入れた。

少し小さめだが鮮度の良い金目鯛で、夜のメニューなら一尾千八百円の値段でも注文を取れそうだった。康平と瑠美のカップルが注文してくれたのは、幸先が良い。

「まずは菜の花と、ソーダ割です」

皐がカウンターにだいやめのソーダ割のグラスと料理の皿を置いた。

茹でた菜の花をほぐした辛子明太子とマヨネーズで和えた一品は、辛子マヨネーズ和えの豪華版だろう。菜の花は今が旬《しゅん》なので、炒め物や揚げ物のメニューも載せる予定だ。

「乾杯」

グラスを合わせて一口飲んで、瑠美は少し大げさなくらい目を丸くした。

「ほんと、すごい。ライチの香りがする！」

「でしょ」

康平は得意そうににやりと笑い、グラスを傾けた。

「泡だから揚げ物、こってり系、エスニック、大抵の料理に合うよ。金目鯛まではこれで行かない？」

「賛成。ほんと、爽やかで美味しい。料理の邪魔しない味ね」

康平と瑠美は菜の花を肴《さかな》に、グラス半分ほど飲み干した。

「カリフラワーの柚子胡椒チーズ焼きです」

皐が次の料理を運んできた。

これも文字通り、茹でたカリフラワーを柚子胡椒で和え、ピザ用チーズを載せて焼くだけの料理だ。家庭ならトースターに入れるが、はじめ食堂では魚焼きのグリルで焼く。

柚子胡椒とチーズの組み合わせも、互いの良さを消さない味わいで、自己主張の少ないカリフラワーの甘味をうまく引き出している。

「柚子胡椒と塩麹《しおこうじ》、あっという間に普及しましたね」

二三はカウンター越しに瑠美に言った。

「他にもマジックソルトとか、調味料の種類が増えてて。スーパーへ行って棚を見る度に、感心しますよ」

二三が小学生の時、亡き母がNHK「きょうの料理」で見た「麻婆《マーボー》豆腐」を作ってくれた。生まれて初めて食べた麻婆豆腐だった。

「あの頃はまだ、豆板醬があんまり普及してなくて、確か母は八丁味噌と唐辛子《とうがらし》で代用したみたいです。きっと陳建民《ちんけんみん》さんが、それで大丈夫ですよって、テレビで仰《おっしゃ》ったんでしょうね」

陳建民とは故・陳建一《ちんけんいち》の父で、四川《しせん》料理の大家である。「きょうの料理」のレギュラー出演者となり、ユーモアあふれる語り口で全国的な人気を博した。陳建民なくして、日本にこれほど麻婆豆腐が広まることはなかったと言われている。

「それが今や豆板醬に甜面醬《テンメンジャン》、XO醬《エックスオージャン》、オイスターソース、中華の調味料が普通にスーパーで売ってるんですから」

瑠美は感慨深そうに頷いた。

「ナンプラーも売ってるし。世界中の調味料が普通のスーパーで買える国って、日本くらいじゃないかしら」

「俺、世界中で一番麻婆豆腐食ってる国って、日本だと思うよ」

康平はグラスを傾け、熱々のチーズで火傷《やけど》しそうな舌を冷やした。

「店で食べるだけじゃなくて、コンビニ弁当やレトルトもあるじゃない。多分、中国四川省より、麻婆消費量多いよ」

康平の言葉に共感しつつ、二三も感慨にとらわれた。

今では世界中の食べ物が簡単に食べられる。半世紀前には考えられなかったことだ。しかしその反面、当時は町内に一軒あった豆腐屋は次々姿を消し、豆腐はスーパーで買うものになった。いや、豆腐だけではない。肉も魚も、今ではほとんどの家庭はスーパーを御《ご》用達《ようたし》にしているだろう。

「これから日本の食って、どうなっていくんでしょうね」

「おばちゃん、急に話が大きくなったじゃない」

康平がグラスを飲み干し、皐にお代わりを二つ注文した。

「昨日、同級生のお葬式だったの。帰ってから色々話してるうちに、遺伝子組み換え食品の話になったもんだから」

「あ、俺、読んだことある。バイオメジャーの世界支配」

バイオメジャーとは医薬・農薬・化学肥料の開発・製造を本業とする大手化学系多国籍企業のことで、近年は種苗メーカーも傘下に置き、穀物類について遺伝子組み換え品種を開発し、高いシェアを有している。

「韓国じゃ種苗メーカーがほとんどバイオメジャーに買い取られて、欧米で需要の少ない白菜や大根の栽培が出来なくなったんだって。キムチやカクテキが喰《く》えないと一大事だってんで、財閥系企業がその部門だけ買い取って、事なきを得たらしいけど」

二三はもちろん、瑠美も一子も皐も、一斉に眉をひそめた。言葉に出さなくても顔に「いやねえ」と書いてある。

「遺伝子組み換えの作物って、遺伝子が単一で多様性がないんですって。だから耐性のない病虫害に弱くて、全滅する危険性もあるらしいわ。そうなった時ストックの品種がなかったら、その作物はこの世から消えるってことよね。それがお米と大豆だったら、日本食はお終《しま》いよ」

瑠美の言葉に、それまでぼんやりした忌避感でしかなかった遺伝子組み換え作物に対する印象は、二三の中で恐怖に形を変えた。

お米と大豆のない日本料理なんて、考えられない！

「米がなくなったら、日本酒だって一巻の終わりだよ」

渋い顔をする康平を励ますように、瑠美はグラスを掲げて微笑んだ。

「康平さん、頑張って酒蔵さんを応援してね。私も目一杯飲んじゃうから」

「頑張ります！」

康平もグラスを掲げ、瑠美と乾杯した。

「そろそろ金目が煮上がりますけど、お二人とも最後、ご飯セットで締めますか？」

二三が声をかけると、康平が瑠美に尋ねた。

「飯に金目の煮汁かけて食べない？」

「すてき！　二三さん、金目食べ終わったら、ご飯セットね」

そこへ、常連さんが二組入ってきた。どちらも三人連れだった。

「いらっしゃいませ。どうぞ、お好きなお席に」

皐がテーブル席を指し示した。

それを機に次々とお客さんがやってきて、はじめ食堂は満席となった。二三は忙しく調理を続けながらも、頭の隅では遺伝子の問題が引っ掛かっていた。

遺伝子操作で将来子供が罹患《りかん》する疾病を回避できるものなら、そうしてやりたいと思うのは親心だろう。

そして、テーブルからテーブルへ動き回る皐を見ていると、やはり同じことを考えてしまう。もし技術的に可能なら、将来性同一性障害で苦しむことがないように、遺伝子段階で性別を変えることもありかもしれない。エゴと言われようと、それが親心ではあるまいか。

すると、昨日最後に見た柳井理沙の横顔が脳裏に浮かんだ。

理沙は類《たぐい》まれな美貌《びぼう》を武器に、旧財閥系企業の御曹司《おんぞうし》と結婚した。高齢出産で初めて授かった息子は優秀で、東大文科一類現役合格、財務省入省とエリート街道を驀進《ばくしん》し、官費でハーバード大学留学も決まっていた。ところがその直前、突如として自室に引きこもり、出てこなくなった。何が原因か、今もって分からない。

理沙と夫は回復に手を尽くしたが、すべて無駄に終わった。疲れ切った夫は愛人を作り、妻子と別居している。

二三は理沙の息子をまったく知らない。だから何が原因でエリート街道から引きこもりに路線変更したのか、見当もつかない。

ただ、そういう息子を持った母の苦悩は察するに余りある。理沙が味わっている苦しみも、手に取るように分る。

もし受精卵の遺伝子操作で事態が回避できるなら、理沙は迷わず決断するだろう。今の苦しみから逃れるためなら、法律も倫理も乗り越えるに違いない。どちらも息子を守ってはくれなかったのだから。

カウンターでは康平と瑠美が、美味しそうにシメのご飯を食べていた。白菜漬けと味噌汁、そして金目鯛の煮汁をおかずに。

幸せそうな二人の姿を目にして、普段ならほのぼのとした気持ちになるのに、理沙のことを考えた後では、冷たい隙間風《すきまかぜ》が吹き込んでくる。どうして不幸は突然空から降ってくるのだろうと、二三はやるせない気持ちをかみしめたのだった。

日付が三月に変わって二度目の土曜日のことだった。

はじめ食堂は土曜のランチ営業はなく、午後から店を開ける。その日、店を開けて最初に入ってきたのは、柳井理沙と岡林美和の同級生コンビだった。

「いらっしゃい！　二人揃《そろ》ってって、珍しいわね。ナンノはうち、初めてよね？」

「うん。マッキーに誘われたの。クラの店、味は割烹《かっぽう》、値段は居酒屋だって」

ちなみに二三の旧姓は倉前《くらまえ》、学生時代の呼び名は〝クラ〟だった。

「ありがとう。最初の一杯、なに飲む？」

理沙がほんの少し得意そうに言った。

「ここ、スパークリングワインがあるのよ。ボトルでもらわない？」

「あら、おしゃれ」

「決まり。スパークリングワインをボトルで、グラスは二つください」

理沙は皐の方を向いて、指を二本立てた。今日は思い詰めたような硬い表情は消え、晴れやかに見える。

「奥にいるのがお姑《しゅうとめ》さんの一子さん、フロアにいるのが皐さん」

理沙が手を差し伸べて二人を紹介すると、美和は大げさに目を見張った。

「美女居酒屋ね。一子さんは往年の銀幕スター、皐さんは宝塚《たからづか》の女優さんみたい」

二人ともにっこり笑って頭を下げた。お世辞はお客さんの店に対するサービスなので、謝意を表すのがコミュニケーションの始まりだ。

「おまたせ」

スパークリングワインのボトルとグラス二つ、お通しを盆にのせ、二三がテーブルに運んだ。

今日のお通しはニラ玉。中華の炒め物ではなく、和風出汁《だし》で煮たニラ玉だ。

「これ、イタリアのスプマンテ。名前がすごいのよ。《ゴッドファーザー》」

理沙も美和も手を叩《たた》いて喜んだ。

「クラもお二人も、一緒に一杯どう？　どうせ二本目も開けるつもりだから」

「ありがとう。お姑さん、さっちゃん、一杯ご馳走になろうよ」

「いただきます。ありがとうございます」

一子と皐は声を揃えた。

「食べ物は？　がっつり行く、それともつまむ程度？」

「がっつりで。メニューはクラに任せるわ」

「じゃあ、今が走りの青柳《あおやぎ》とわけぎのぬた、ふきのとうの天ぷら、新玉ネギとスモークサーモンのサラダ、牡蠣《かき》はうち、今月で最後なの。フライまたはバター醤油ソテー。シメにはシラスと三つ葉の混ぜご飯なんかどう？」

「みんな美味しそうね」

美和が早くもごくんと喉《のど》を鳴らした。

「お腹に余裕があれば、ウドと豚コマの胡麻《ごま》ぽん酢炒めもお勧め」

「どれも季節感一杯ね。多分、頼むと思う」

二三は厨房を振り返った。

「というわけで、まずはぬたとサラダからお願いします」

注文を通すと同じテーブルに座り、改めてグラスを合わせて乾杯した。冷たい炭酸はのど越しが良く、軽く飲めてしまう。

「でも、二人で一緒になんて、珍しくない？」

二三はどちらにともなく尋ねた。二人は学生時代は特に親しくはなかった。もっとも、理沙は自分の美貌を鼻にかけるところがあったので、同性の親しい友達はほとんどいなかったが。

「実はね、息子のことでナンノに相談に行ったの。鴻上先生を紹介してもらいたくて」

二三は少し驚いた。理沙は世間体を考えて、息子の件は誰にも打ち明けずにいた。二年ほど前、思い余って保谷京子に相談したのがきっかけで、はじめ食堂のメンバーも秘密を知ることになった。それ以外の人間に、息子のことを話して大丈夫なのだろうか？

すると理沙は二三の気持ちを察したように、寂し気に微笑んだ。

「私はもう、見栄《みえ》も恥も何もないの。誰に知られたってかまわない。ただ、雅也《まさや》をもう一度社会生活に戻してやりたい、それだけ。だからナンノに事情を話したの」

美和は神妙な顔で頷いた。

「私も最初は驚いたわ。マッキーがそんな問題を抱えているなんて、夢にも思わなかった。同級生の一番のスターだと思ってたし」

それは二三も同感だった。だから見栄も恥もかなぐり捨てて、ひたすら息子の社会復帰を願う理沙の姿に、心打たれたのだろう。

「でも、とにかく鴻上先生に連絡したら、会うだけ会ってみようと言って下さって。それで、先生のお宅へお連れしたの」

その霊能者は鴻上まほろという、五十歳くらいの痩《や》せて小柄な女性だった。郊外にある普通の一戸建て住宅に、二人の女性の弟子と一緒に住んでいた。応接間らしき部屋に立派な神棚があるほかは、特に変わった家具調度はなく、派手さのない、ひっそりとした暮らしぶりが窺《うかが》われた。

「私、ナンノに聞いてたから、アルバムとか昔のノートとか、いっぱい持って行ったの。そうしたら鴻上先生が……」

まほろはじっくりとアルバムを眺めてから、理沙の顔を見て問いかけた。

「あなたのご主人には、自殺したお兄さんがいますね？」

二三はびっくりして理沙の顔を見直した。すると、理沙は重々しく頷いた。

「結婚する前、大学生の時、事故で亡くなったお兄さんがいることは知らされていたんだけど、雅也があんなことになってから、実は自殺だったって分ったのよ」

しかし、その事実は夫の一族でもごく一部しか知らなかった。それなのにどうして赤の他人がそれを知っているのか。驚愕《きょうがく》に打ちのめされながらも、理沙はまほろに尋ねた。

「それは私にも分りません。ただ、その男性と息子さんを結ぶ線が、私にはぼんやり見えるんです」

次に発せられる言葉を予想して、理沙は身構えた。おそらく「若くして非業の死を遂げた伯父の霊が、あなたの息子に取りついている。その霊を払うためにはこれこれの儀式が必要で、霊を近づけないためにはこの壺とこの鏡を家に置くように」というようなことを言われ、高額な費用を提示されるに違いない……。

「そうしたら、先生はこう仰ったのよ」

まほろは淡々と理沙に語り掛けた。

「『若きウェルテルの悩み』という小説がありますね。そして明治時代には『人生不可解』という遺書を残して、華厳《けごん》の滝に飛び込んで自殺した学生がいました。どうも、若い男性には人生に適合できない資質に生まれついた人が、一定数いるようなのです。そういう人にとって、生きるというのは苦行でしかないのですね。最終的に自殺を選ぶのは、救いを求めてのことなのでしょう」

それまで世間話のようだった口調が、突然熱を帯びた。

「そのように生まれついたのは、誰のせいでもありません。強いて言えば神様とか天とか、人知の及ばぬ力のせいです」

そして理沙の腕に手を置いて、しっかりと握った。

「ご主人のお兄さんは自ら死を選びましたが、あなたの息子さんは世間との接触を避けながらも、この世に留《とど》まる道を選びました。その違いが何か分かりますか？」

理沙はまほろの瞳に引き込まれそうになって、言葉が出てこなかった。

「母親の存在ですよ。あなたの存在が、息子さんの命をこの世につなぎとめているのです。あなたがいなかったら、そしてあなたが別の人間であったなら、息子さんはこの世に踏み留まることはできなかったでしょう」

まほろの言葉は理沙の全身に沁《し》みわたった。久しぶりの慈雨が乾いた大地にしみ込むように。

「息子さんが自分の部屋から出てこられるかどうか、私にはまだ見えません。でも、母親の愛情を信じていることだけは分ります。さぞお辛い事でしょうが、息子さんを見守ってあげてください。そして、二人の絆《きずな》を大切にしてください」

理沙はその場に泣き崩れた。理沙がずっと誰かに言ってほしかったすべてを、まほろは余さず語って聞かせてくれた。

「私、今まで胸につかえていたものが全部消えて、刺さっていたトゲが全部溶けたような気がしたの」

理沙はその時の感動を思い出したのか、うっすらと涙のにじんだ目に、ハンカチを当てた。

「霊能力のことはまるで分らないけど、でも立派な方よね。私もその先生の言うことは正しいと思うわ」

「そうでしょ」

理沙は洟をすすり、コホンと咳払《せきばら》いをした。

「私のせいじゃなかったのよ。亡くなった姑に鴻上先生のお言葉を聞かせてやりたかったわ。きっと、ギャフンと言わせてやれたのに」

理沙は吹っ切れたような顔で、スパークリングワインのグラスを飲み干した。

二三は呆れて美和の顔を盗み見たが、美和は素早く目配せをした。その表情で、二三は美和の気持ちを悟った。

そうだよね。マッキーを責められないよね。今のマッキーには、すべてを肯定してくれる人が必要なんだよね。

「これ、美味しい。もう一本開けて」

理沙は晴れ晴れとした声でゴッドファーザーを追加注文した。


翌日は日曜日ではじめ食堂はお休みなので、二三も一子ものんびりしていた。ゆっくり朝寝して、朝昼兼帯でブランチを食べるのが習慣になっている。

食後のコーヒーを飲み終わった時、二三のスマホが鳴った。画面表示は「マッキー」とある。

「ああ、マッキー。昨日はどうもありがとう」

「お休みの日にごめんなさい。今、ちょっと話しても大丈夫？」

理沙の声には、昨日はなかった緊迫感があった。

「大丈夫よ。どうしたの？」

「昨日はナンノが一緒だったから、話しにくかったんだけど、実はね……」

相談が終わって帰る前、美和が席を外している間、理沙はまほろに高校の卒業アルバムを開いて見せていた。すると、まほろが二三を指さして「この方は今、何をなさっているの？」と尋ねた。理沙はじめ食堂のことをざっと説明した。

すると「じゃあ、違うのかしら？」と首をひねった。

「私、気になるから『彼女がどうかしたんですか？』って訊いたの。そしたら……」

まほろはパズルを組み合わせるような目で、アルバムの写真を見た。

「家系に早死にの相が見えるのよ。この方のお母さんから娘を通して、孫につながってる。でも、高齢のお母さんが元気で働いてるなら、違うわよね」

そこまで話して、理沙の声が震えた。

「私、うっかり忘れてた。一子さんはご主人のお母さんで、クラのお母さんは継母《ままはは》だったのよね。ということは、実のお母さんは、もしかして……」

スマホを握る二三の手が震え出した。

二三の実の母は、二三が小学校六年生の時、すい臓癌で亡くなっているのだ。若かったので進行が早く、発見からわずか半年で死に至った。まだ三十六歳だった。

「か、かなめ……」

声がかすれて、喉の奥で引っかかった。

第三話 ▲ ニラ玉は、人騒がせ

「クラ、聞いてる?」

スマホから流れる柳井理沙《やないりさ》の声で、二三《ふみ》はハッと我に返った。

「余計なことを言って、ごめんね。気を悪くしたら謝るわ。ただ、私とナンノは鴻上《こうがみ》先生の助言がすごく役に立ったから、クラにも伝えた方が良いと思って、それで電話したの」

二三は「うん」と返事したものの、まだ頭は混乱したままだ。

「あのね、何事もなければそれが一番良いんだけど、でも、もし何か思い当たることがあったら、早めに手を打った方が良いよ。お医者さんでも、鴻上先生でも、誰《だれ》かに相談してみて」

「……分った」

やっとのことで声を絞り出すと、理沙がスマホの向こうで安堵《あんど》のため息を漏らす気配が伝わった。

「じゃ、切るね。一子《いちこ》さんによろしく」

通話が終わった後も、二三はスマホを握ったまま、その場に座り込んでいた。

「ふみちゃん、どうかした？」

一子が心配そうに声をかけたが、二三は黙って首を振った。

「お姑《かあ》さん、コーヒーお代わり飲む？」

「ううん、あたしは結構」

二三は炬燵《こたつ》の上の自分のカップを持って台所に行き、インスタントコーヒーを濃いめに作って砂糖と牛乳を多めに入れた。

「ちょっと調べ物があるから」

見え透いた嘘《うそ》を言って自分の部屋に引っ込んだ。一子は察しているようだが、何も言わずに頷《うなず》いた。

部屋は四畳半の畳敷で、普段は布団を敷いて寝る以外、ほとんど使わない。二三は足を投げ出して座り、壁に寄りかかった。

母が余命いくばくもないと知らされてから亡くなるまで、その間の具体的な出来事はほとんど記憶から抜け落ちていて、思い出すことが出来ない。ただ、胸が押しつぶされそうなほどの恐怖と悲しみだけが、克明に刻まれている。母を喪《うしな》って以来、どんなに辛《つら》いことがあっても、あの半年間を思えば耐えられた。

高《たかし》と結婚し、一子と親子になってからはとても幸せで、悲しみの記憶も少しずつ薄らいだ。特に要《かなめ》が生まれてからは、思い出さない日の方が多くなった。

それでも二三の心から、三十六歳という年齢が離れることはなかった。母の亡くなった歳《とし》だ。「その歳まで生きられるだろうか？」という問いは、常に二三の心の一角を占めていた。

だから三十六歳を迎えた時は心底ほっとしたし、三十七歳になった時は赤飯を買ってお祝いした。

それ以来憑《つ》き物《もの》が落ちたように、早死にの呪縛《じゅばく》からは解放された。会社の健康診断はいつもA判定だったし、要も健康優良児だった。そして要が大学を卒業して就職が決まると、もうこの世に怖いものはなくなった。いつ死んでも良いと思うようになった。お迎えが来たら、あわてず騒がず席を立つ覚悟はできている。

だが、まさか要に災いの種がまかれるとは、夢にも思っていなかった。母の運命は、娘の二三を通り越して孫の要に受け継がれたのだろうか？

二三はインスタントのミルクコーヒーをすすった。すっかり冷めていた。

でも、要だって毎年会社で健康診断を受けているんだもの。何か予兆があれば、健診で引っかかるはずだわ。

二三は無理やり自分に言い聞かせた。

しかしほんの数秒で、ちゃぶ台をひっくり返すように、早期発見の難しい癌《がん》の情報が脳裏に押し寄せた。

代表は二三の母の命を奪ったすい臓癌だ。すい臓は胃の裏側の奥にあり、超音波が届きにくく、内視鏡の挿入もできない。早期には自覚症状も現れないため、すい臓癌の診断が下った時は、多くの場合かなり進行している。

そしてスキルス胃癌。これも早期発見が困難で、治療困難な癌と言われている。おまけに若年で発症する割合も高い。

ええい、やめ！　考えたってしょうがない！

もう一度自分の心を叱咤《しった》し、冷めたミルクコーヒーを飲み干した。


「ニラ玉。小鉢プラスね」

ランチタイム一番乗りの若いサラリーマンが皐《さつき》に告げた。

「俺《おれ》、煮魚。小鉢プラスで」

隣の席からも注文の声が飛ぶ。

「はい、ありがとうございます。ニラ玉と煮魚、小鉢プラスのセットで！」

皐はカウンターを振り返り、厨房《ちゅうぼう》に向かって復唱した。

「はい、ニラ玉と煮魚、小鉢プラスで！」

カウンター越しに二三の声が返ってくる。いつもと変わらない元気な声だが、心なしか少し張りがない。皐は一瞬「おや？」と思ったが、ランチタイムの嵐《あらし》のような忙しさに紛れて、そんな疑念は吹き飛んでしまった。

今日のはじめ食堂のランチメニューは、日替わりがニラ玉と牛皿、焼き魚が鯖《さば》の文化干し、煮魚が赤魚。ワンコインは牛丼《ぎゅうどん》。小鉢はひじきの煮物。プラス五十円で新玉ネギとツナのサラダ。味噌汁《みそしる》はキャベツと油揚げ、漬物は一子手製の京菜の糠漬《ぬかづ》け。

これにドレッシング三種類かけ放題のサラダがついて、ご飯と味噌汁はお代わり自由。これで一人前七百円は、東京都中央区では希少品種だろう。住居兼店舗でテナント料なしと言えど、二三と一子、皐のチームワークと努力無くしてはあり得ない。

「さっちゃん、今週のカレー、何？」

ご常連の男性客が、気ぜわしく楊枝《ようじ》を使いながら尋ねた。いつもは五十円プラスの定食セットを注文してくれるのだが、今日は時間がないとかで、ワンコイン牛丼を頼むと、五分ほどでかき込んでしまった。

「シーフードです」

「来週は？」

「牛すじカレー」

「またカツカレーやってよ。あれが一番好きなんだ」

「はいはい」

お客さんは苦笑を浮かべる皐に五百円玉を渡すと「ごっそさん」と言って出て行った。

皐は手早く食器を下げ、テーブルにアルコールを散布して布巾《ふきん》で拭《ふ》いた。

「男の人ってカツカレー好きですよね。私は牛すじカレーもボリュームはおんなじだと思うんだけど」

汚れた食器をシンクの水に沈めて言った。いつもなら「ホントよね」と乗ってくるはずの二三は、上の空で卵をかき混ぜている。

どうしたんだろうと訝《いぶか》ったが、客席から「お勘定お願い！」と声がかかり、あわててフロアに引き返した。


「ニラ玉って地味に美味《うま》いよね」

自分の皿にニラ玉を取り分けながら万里《ばんり》が言った。

「そうね。何人かで中華屋さんに入ると、あたし、必ず注文するわ」

「あたしは餃子《ギョーザ》。町中華のマストアイテムよ」

ジョリーンに続いてモニカが言った。

時刻は午後二時が近づいている。遅いランチのご常連、野田梓《のだあずさ》と三原茂之《みはらしげゆき》が帰る頃《ころ》、入れ替わりにやってくるのが赤目《あかめ》万里、ジョリーン、モニカの三人だ。

万里は皐の前にはじめ食堂で働いていて、その頃は中心になって調理を担当していた。

今は新富町《しんとみちょう》にある和食割烹《かっぽう》「八雲《やくも》」で、料理の修業中だ。

ジョリーンとモニカはショーパブ「風鈴《ふうりん》」で働くニューハーフで、かつて皐の同僚だった。月曜が公休日なので、皐に会いがてら、賄いランチを食べに来る。

「万里君、修業の方は順調？」

皐が訊《き》くと、万里はまじめくさって頷いた。

「まあね。最近は煮方、焼き方も任せてもらえるようになった。片腕とまではいかないけど、親方の仕事の三割くらいはこなしてるかも」

そして一度言葉を切ってから、慎重に口を開いた。

「来月から、朝の仕入れにも同行するんだ。豊洲《とよす》で魚の選び方を教えてもらう」

「すごいじゃない」

一子が声を弾ませた。

「要もほめてたわよ。作家の先生を八雲にお連れした時、万里君がきびきびアシストしてて、すごく頼もしかったって」

「いやあ、皆さんそう仰《おっしゃ》います」

万里はいつものどや顔で胸を反らしたが、一転、神妙に畏《かしこ》まった。

「前は無我夢中だったけど、今は少し親方との距離感がつかめてきた。先は長いけど、間違った道は歩いてない。道半ばって感じだよ」

皐は感心したように頷いて、万里を見た。

「そろそろ、修業が終わった後のこととか、考えてる？」

「そこまでは、まだ。でも、いずれ自分の味で勝負する日が来るとは思ってる。だから毎日が真剣勝負だよ」

「えらいねえ。そういう覚悟で修業するのと、ただ言われた通りに働いてるのとじゃ、身に付くものが全然違うわよ」

一子は同意を求めるように二三を見たが、二三は曖昧《あいまい》な表情のまま頷いた。心ここにあらずといった感じがした。

「おばちゃん、今日、元気ないね」

万里がズバリと言った。

「うん。最近はどんどん物価が上がってるでしょ。考えるとへこんじゃって」

口から出まかせだったが、万里は何も気づかなかった。

「そうそう、うちの親方もぼやいてた。これ以上仕入れ値が上がったら、定価も上げないと無理だって。今だってさ、松茸《まったけ》は旬《しゅん》の九月と十月は使えないんだよ」

「あら、どうして？」

「高い料亭が仕入れるから、値が上がっちゃって。うちで使えるのは八月の走りと、十一月の名残だけ……」

一子はそっと二三の様子を窺《うかが》い、皐に目を遣《や》った。皐も一子の視線を受けて、見返した。二人とも感じていた。二三の様子が普段と違っていることを。

しかし、敢《あ》えて尋ねるのははばかられた。もし話しても差し支えなければ、二三はとっくに打ち明けているだろう。二三を悩ますものの正体が分らないまま、一子も皐も、じれったい思いで見守るしかなかった。


その日の夕方店を開けると、最初に来店したのは松原団《まつばらだん》と千歳《ちとせ》の新婚カップルだった。

「いらっしゃい」

「こんにちは」

団は毎朝野菜を届けに来るが、千歳は結婚以来、店を閉めるとそのまま新居に帰るので、以前のように連れだってはじめ食堂に来ることはなくなった。

今日は二人して、仕事終わりに日《ひ》の出湯《でゆ》でひと風呂《ふろ》浴びてきたらしい。ほのかにシャンプーの香りがした。

「小生ください」

「私も」

湯上がりはやはりビールがほしくなる。

「こちらに伺うの、三ヶ月ぶりだわ」

千歳がぐるりと店内を見回した。

「全然変わってませんよ」

皐がおしぼりとお通しを並べて微笑《ほほえ》んだ。今日のお通しは新玉ネギとツナのサラダ。玉ネギはもちろん、松原青果から仕入れた。

団と千歳は生ビールで乾杯してから、メニューを覗《のぞ》き込んだ。

「春のメニューになりました。松原青果さんから仕入れた新玉ネギとワカメの酢の物、ふきのとうの天ぷら、それにニラ玉もお勧め」

皐がお勧め料理を挙げると、千歳は「どれも美味《おい》しそう」と目を輝かせた。

「じゃ、全部もらおう」

団が言うと、千歳は嬉《うれ》しそうに頷いた。新婚生活は円満この上ないようだ。

「それと今日はイイダコのさっと煮もあります。卵のあるのはこれで最後ですって。シメには菜の花とベーコンのクリームパスタ、シラスと三つ葉の混ぜご飯」

説明が終わるや、千歳は待ちきれないように団に訊いた。

「シメ、どっちにする？」

「僕はどっちでも」

千歳は決めかねたように眉間《みけん》にしわを寄せ、腕組みして「う〜ん」とうなった。と、すかさず団が答えを出した。

「ボリューム感で言うとクリームパスタかな。家じゃあんまりパスタ食べないしね」

「そうね、そうしましょ。皐さん、イイダコとパスタもお願いします」

「はい、ありがとうございます」

皐がカウンターに戻ると、厨房ではすでに一子が酢の物を作り始めていた。

スライスして水に晒《さら》した新玉ネギを、ワカメと一緒に三杯酢で和《あ》える。手のかからない平凡な料理だが、春先に食べる山海の旬の味は、身体中《からだじゅう》の血液をきれいにしてくれるような味わいだ。

「新玉ネギって、生でも甘いわ」

一箸《ひとはし》つまんで、千歳が感心したように呟《つぶや》いた。

「淡路島《あわじしま》の玉ネギは、新じゃなくても糖度が高いんだ。ものによっては糖度が十五度もあって、イチゴやメロンと同じだって」

「へえ」

二人は酢の物を肴《さかな》にビールを飲み干した。団は空になったジョッキを掲げて、皐に呼び掛けた。

「皐さん、次のお酒、何が良い？　やっぱり日本酒かな」

厨房では二三がふきのとうを揚げていた。皐は油の爆《は》ぜる小気味よい音を聞きながら答えた。

「今日はだいやめっていう焼酎《しょうちゅう》のソーダ割がお勧め。焼酎なのにライチの香りがして、とても飲みやすいし、揚げ物にもピッタリ」

団が視線を向けると、千歳は当然のように大きく頷いた。

「じゃ、それ二つ、ソーダ割で」

「はい、お待ちください」

二三はからりと揚がったふきのとうを、和紙を敷いた皿に盛りつけた。添えるのは藻塩《もしお》。山で採れたふきのとうに、海藻のエキスを含んだこの塩を付けて食べるのは……。

「海の幸と山の幸の合体ですよ」

二人の前に皿を置いて、皐は一言いい添えた。

「あふ……」

揚げたてを頬張《ほおば》った団は、あわてて息を吐き、だいやめのソーダ割で舌を冷やした。

「美味い。でも、海の幸と山の幸って言われると、一気に料理のグレードが上がるね」

千歳はソーダ割のグラスを傾けてから、神妙な顔になった。

「何気なく食べてるけど、海の幸と山の幸の合体した料理って、結構あるわよね。おにぎりだってご飯と海苔《のり》でしょ。中身は梅干し、鮭《さけ》、タラコ……」

「それに、お寿司《すし》も酢飯と魚だよね。あとは海苔巻き、軍艦巻き……」

団は思い浮かべて数えるように指を折った。

「天ぷら、鯛《たい》めし、牡蠣《かき》めし……と。そもそも刺身にわさびと醤油《しょうゆ》付けて食べるのは、完全に海と山の共同作業じゃない。最初に考えた人、天才だよ」

「日頃は考えたことないけど、海と山のある国に生まれたのって、ラッキーよね。私のラーメンも、海の幸の恩恵を受けてるし」

千歳の店のラーメンは、鶏《とり》塩ベースとエビ味噌ベースの二種類が看板だ。

「大それたことは考えてないけど、今の私の幸せのベースは、日本に生まれたことにあって、時々思い出すようにするわ。食材が豊かで、食物タブーがなくて、ラーメン大好きな人がいっぱいいて」

団は黙って親指を伸ばし、自分を指さした。千歳はクスリと笑ったが、すぐに真顔に戻った。

「そして、私を大好きなあなたがいてくれる。それが基本。それさえ忘れないでいれば、たとえ失敗してもやり直せると思う」

「僕も同感。基本に立ち返るって、大事だと思う。きっとこれまでより、これからの方が大事になってくるだろうね」

そこへ、皐がイイダコのさっと煮を運んできた。

「だいやめも合いますけど、よろしかったら阿部《あべ》勘《かん》の純米辛口を一合、お持ちしましょうか？」

「アベカン？」

「宮城のお酒で、お料理が生きるように香りは控えめ、スマートで切れの良い味です。あっさりした白身魚に合うので、イイダコとも相性抜群だと思います」

皐のセリフは辰浪康平《たつなみこうへい》の受け売りだが、二人のハートを鷲掴《わしづか》みにしたようだ。千歳は皐の方に半身を乗り出した。

「それ、ください！」

団は皿からほのかに漂う香りに鼻をひくつかせた。

「生姜《しょうが》だ。これも海と山の共同作業」

「お待たせ！」

皐がコマ送りのようなスピードでテーブルに戻ってきた。二つのグラスに半合ずつ、冷たい阿部勘が注《つ》いである。

団と千歳は早速イイダコに箸を伸ばした。

口に入れて柔らかい皮をかみ切ると、中から飯粒のような卵があふれだす。ねっとりした食感とほのかな甘みが口いっぱいに広がり、酒と醤油の旨味《うまみ》が溶け、生姜の香りが鼻に抜けた。

「……」

団も千歳もうっとりと目を細め、阿部勘を口に含み、イイダコの余韻を辛口の純米酒で洗い流した。

二三はニラを一束手に取り、さっと水洗いした。そろそろニラ玉を作り始める頃合いだ。

その時、入り口の戸が開いた。

「いらっしゃいませ」

入ってきたのは訪問医の山下智《やましたさとる》だった。診療かばんを下げ、指を一本立てて、カウンターに座った。珍しく、桃田《ももた》はなを連れていない。

「今日、夜勤なんです。これから診療所に戻らないと」

「それじゃ、お食事ですね」

皐がおしぼりを渡しながら訊くと、山下は少し残念そうな顔をした。

「お勧め、何があります？」

「シラスと三つ葉の混ぜご飯、菜の花とベーコンのクリームパスタ。サイドにニラ玉も如何《いかが》ですか？」

山下はほんの二、三秒考えてから注文した。

「それじゃ、混ぜご飯とニラ玉にします。飲み物は、お茶ください」

注文が終わると、一子は小鍋に水を汲《く》んだ。山下にサービスで汁物を作るつもりだろう。

二三はニラをもう一束取り出した。先生の分も一緒に作ってしまおう……と思った瞬間、ふと心に閃《ひらめ》いた。

　山下先生なら癌と遺伝について、専門的な知識がある。

　二三はニラを五センチほどの長さに切りそろえながら、カウンター越しに山下の様子を盗み見た。

　特に急いでいる感じはしない。一刻を争って診療所に戻らなくてはいけない、というわけではなさそうだ。それなら、長居は出来なくても、ほんの少し世間話をする時間くらいあるだろう。

　フライパンを火にかけて油を引き、溶き卵を手早く炒《いた》め、半熟になったら取り出しておく。同じフライパンにもう一度油を引き、ニラを炒め、塩胡椒《しおこしょう》と鶏がらスープで味をつけたら卵を戻し、ざっくり炒め合わせたら完成。

「はい、お待たせしました」

　二三はカウンターから身を乗り出し、ニラ玉の皿を山下の前に置いた。もう一皿は皐がテーブルに運んでいった。

「いただきます！」

　山下はふうふう息を吹きかけながら、ニラ玉を頬張った。かなり腹が減っていたらしい。すごいスピードで平らげてゆく。

　一子が炊飯ジャーからボウルにご飯を移し、シラス、三つ葉、ゴマ油を加え、醤油を垂らしてざっくり混ぜる。仕上げに炒《い》りゴマを振って出来上がり。お手軽だが、旬の三つ葉の香りが爽《さわ》やかで、いくらでも食べられる。

「先生、混ぜご飯です」

一子がどんぶりをカウンターに置いた。

「ああ、三つ葉が春の香りだ。ほんのりゴマ油も良いですね」

山下がどんぶりを受け取ると、今度は味噌汁の椀《わん》を差し出した。サービスで作ったワカメの味噌汁だ。

山下は混ぜご飯に箸をつけると、そのまま一気に完食してしまった。

「ああ、美味かった！」

テーブルでは団と千歳が楽しそうに話しながらニラ玉をつついている。まだパスタの出番まで、少し時間がありそうだった。

二三はお茶のお代わりを出してさりげない口調で尋ねた。

「先生、癌って、遺伝するんですか？」

山下は訝し気に眉《まゆ》を上げた。

「どうしたんですか、いきなり」

「あの、この前アンジョリーナ・ジョリーが、将来乳癌になる危険を避けるために、両胸を取る手術をしたって話が出て、それからちょっと気になってたんです」

二三はなるべく「ちょっとした世間話」に聞こえるよう、気軽な口調を心掛けた。

「癌になった人の子供や孫が癌になる確率は、そうでない人に比べて、どのくらい高いんでしょう？」

「……困ったなあ」

山下は困惑気味に視線を宙にさまよわせた。

「正直言うと、今の日本では男性の六十五・五パーセント、女性の五十一・二パーセントが、一生に一度は癌の診断を下されてるんです。つまり、癌にならない人の方が少ないんですよ」

「まあ！」

二三も驚いたが、一子も皐もびっくりして声を漏らした。

「ただ、癌で亡くなる方は男性は四人に一人、女性は六人に一人くらいではあるんですけど」

「癌は日本人の死因の一位ですものね」

皐が納得したように呟くと、一子もため息交じりに言った。

「あたしが子供の頃は、怖いのは結核でしたよ。スターリンは『日本人は結核で全滅する』って言ったとか言わないとか……」

「癌になる人と亡くなる人の割合で考えれば、かかっても治る病気になりつつあるってことですよね」

皐が確かめるように言うと、山下は力強く頷いた。

「そう、そう。これからますますその傾向は強くなるよ。何しろ世界中でシャカリキに研究してるんだから」

そして、二三に向かって説明を続けた。

「遺伝のことですけど、ほとんどの癌は遺伝しません。ただ、癌になりやすい変異が遺伝することはあります」

二三は意味が呑《の》み込めず、目を瞬いて山下を見返した。

「多くの癌は、生まれた後に遺伝子に生じた変異が原因で、次の世代に遺伝することはありません。ただ、癌に関《かか》わる遺伝子が変異した状態で生まれた場合は、次の世代に受け継がれる可能性もあります。生殖細胞……ざっくり言うと、精子と卵子になる細胞の遺伝子に変異がある場合です」

山下は二三の顔を注意深く見ながら、慎重に言葉を選んだ。

「ただ、それも絶対じゃありません。生殖細胞の遺伝子に変異があっても、癌を発症する人もいれば、しない人もいる。その違いはどこか、まだ分っていません。近い将来、解明されるでしょうけど」

説明が終わると、いつもの飄々《ひょうひょう》とした口調に戻った。

「こんなもんで、大丈夫ですか？」

「はい」

答えた途端、二三は急に身体が軽くなった気がした。

そうだ、今は昔とは違う。癌になっても、亡くなる人より治る人の方が多くなった。知りもしない人の言葉に惑わされて、一喜一憂するのはよそう。非科学的ったらありゃしない。

気持ちが切り替わると、現金に笑顔になった。

「先生、ありがとうございました。よろしかったらお夜食用に、おにぎり持っていかれますか？」


その夜、要はいつものようにはじめ食堂が閉店してから帰ってきた。お客さんのいなくなった店内では、二三と一子、皐が夜の賄いを食べようとしていた。

「ただいま」

大型のショルダーバッグを椅子《いす》に置くと、料理の並んだテーブルの前に座った。

「あ〜あ」

いつもなら真っ先に冷蔵庫から缶ビールを取ってくるのに、浮かない顔でため息をついた。

「どうかした？」

新玉ネギとワカメの酢の物に箸を伸ばしながら、二三が訊いた。

「健診、再検査になっちゃってさ」

「再検査？」

二三は伸ばしかけた箸を宙で止めた。

「精密検査受けろって。乳癌の疑いがあるんだって」

二三は思わず箸を取り落とした。

「いやだ、お母さん、大丈夫？」

要は呆《あき》れたような顔で二三を見た。

「ああ、ちょっとびっくりして」

二三は箸を取り直し、無理に心を落ち着けようとした。

「だって、今まで再検査なんてなかったから」

何とか声が震えるのは抑えたが、顔は強張《こわば》っていたらしい。一子も要も皐も、二三の顔を見て訝し気に目を見交わした。

「お母さん、そんなに心配しないでよ。まだ癌だって決まったわけじゃないんだから」

要は大きく二三の背中を撫《な》でた。

「今は検査機器がすごい精巧だから、ちょっとしたポリープでも全部網にかかっちゃうんですよ」

皐が二三と要の両方に言った。

「精密検査してなんでもなかったら、かえって安心できますよ」

要は皐に頷いてから、二三を振り返った。

「お母さん、しっかりしてよ。そんなに大げさに心配されると、かえって不安になっちゃうよ」

軽い口調だったが、それまでにはなかった真剣さが混じっていた。

「ごめん、ごめん。もう心配しすぎないから」

口ではそう言ったものの、二三の心には猛スピードで不安が広がっていった。

もしかして、要が悪性の癌だったら？　亡くなった二三の母のように、発見された時はすでに手遅れだったら？

ああ、そんなことになったら、もう生きていたくない！

耳元で悲鳴が聞こえた……ような気がした。ハッとして目を開けると、布団の中だった。

枕元《まくらもと》の目覚まし時計の針は三時半を指している。今日の仕事のために、もうひと眠りしたいところだ。

二三は無理やり両眼《りょうめ》を閉じ、頭の中で羊の数を数え始めた。しかし頭は冴《さ》える一方で、輾転反側《てんてんはんそく》したが、とうとう目覚ましが鳴るまで一睡もできなかった。

「ハンバーグ、おろしぽん酢。小鉢プラスで」

「鶏天。小鉢プラス」

「ワンコイン、プラス五十円の定食セットね」

テーブルから次々に注文の声が飛ぶ。

「はーい。おろしハンバーグ、鶏天、親子セット、全部小鉢プラスで！」

そのたびに皐は注文を復唱し、厨房に通す。

ランチタイムのはじめ食堂はにぎやかだ。揚げたり炒めたりする調理の音、食器の触れ合う音、お客さんたちの話し声、そこに注文とそれを復唱する声が、フォルテで挿入される。

「鶏天って、前はやってなかったわよね」

ご常連のワカイのＯＬが、定食を運んできた皐に尋ねた。

「そうですね。私が来てから始めたんだと思います。鶏からと同時じゃなかったかしら」

「私、大好きなのよ。唐揚げより鶏天派」

そう言うと嬉しそうに割り箸を割った。

今日のはじめ食堂のランチは、日替わりがハンバーグ（おろしぽん酢かデミグラスソースをサービス）と鶏天、焼き魚がホッケの干物、煮魚がカジキマグロ。ワンコインは親子丼。小鉢は切り干し大根、プラス五十円でマカロニサラダ。味噌汁はニラ、漬物は一子手製のカブの糠漬け（葉付き）。

あまりにもありふれているという理由で、はじめ食堂では長年鶏の唐揚げはメニューに載せていなかった。しかし皐が来てから「こんなにも普及しているのは、結局人気があるからなのでは？」と思って試してみたら、やはり結構人気だった。

それ以来、味を変えながら月に二回は唐揚げを出している。鶏天も唐揚げのバリエーションの一つだ。

「唐揚げも焼きめしやナポリタンみたいに、各家庭の味があるのね」

そう言って箸に挟んだ鶏の唐揚げをしげしげと眺めたのは、野田梓だった。今日のランチはホッケの干物を選んだが、例によって遅い時間の常連の特典〝お味見〟に与《あずか》ったのだ。

「家庭料理って、そういうもんですよ」

三原茂之はハンバーグにおろしぽん酢をたっぷりと載せた。

「味噌汁や漬物の味が各家庭で違うように、同じおかずでも、微妙に味付けや材料が変わったりする」

時計の針は一時半を指そうとしていた。お客さんの大波は、一時を合図に最後の一波が引いて、今、店は静かな凪《なぎ》だった。

「味付けや材料を家ごとに変えられるというのも、考えてみれば豊かさの表れですね。食材や調味料が限られていたら、バリエーションの生まれようもないし」

皐が二人の湯呑《ゆのみ》にほうじ茶を注ぎ足しながら言った。

「山下先生がNGOで活動していたアフリカの話、思い出しました」

その地域で活動していた二年間、一種類の野菜と一種類の魚を市販のトマトソースで煮込んだ料理以外、目にしたことさえなかったという。

「それに引き換え、日本じゃ唐揚げレシピだけの本があるんだから」

二三は洗った食器を拭きながら、あくびをかみ殺した。明け方から目が冴えて眠れなかったが、戦場のようなランチ営業の間は気が張っていて、テンション高めだった。だが忙しさが一段落すると、急に睡魔がやってきた。

賄い食べたら、すぐ昼寝しよう。

二三は食器を棚に戻し、もう一度あくびをかみ殺した。


「大変お気の毒ですが、要さんの癌はすでに肺へ転移しています。遠隔転移が認められるのは、ステージⅣに入っていることを示しています。手術をしても、新たな転移が確認される可能性が否定できません」

二三はまじまじと医者の顔を見つめた。こぎれいな感じの四十代男性で、縁なし眼鏡をかけているのだが、そのレンズに光が反射して、目が見えなかった。まるで人造人間を相手に話しているような気がする。

「あのう、手術では治療出来ないとなると、薬物療法か放射線治療ですか?」

二三は高ぶりそうな気持ちを必死で抑えながら、努めて冷静な声で尋ねた。しかし、医者は機械のように首を振った。

「残念ですが、転移した癌には薬物療法も放射線治療も、効果は望めません。所詮《しょせん》は焼け石に水です」

「何言ってんのよ! あんた、医者でしょ!」

自分の怒鳴り声を聞いた気がして、二三はパッと目を開けた。茶の間の炬燵に下半身を入れたまま、座布団を枕に横になっていた。完全な夢だった。それも最悪の。

二三はゆっくり半身を起こした。背中に嫌な汗をかいているのが分る。午後営業の前に下着を着替えないといけない。

二三より先に炬燵から起き上がっていた一子が、穏やかな眼差《まなざ》しで言った。

「ふみちゃん、要のことが心配なのね」

二三は素直に頷いた。

「うちの母、若いのに癌で亡くなったでしょ。だから要にも癌が遺伝してるんじゃないかと思うと、気が気じゃなくて」

「わかるわ」

一子は痛ましそうに目を瞬いた。

「でも、再検査の結果が出るまでは、心配しすぎないでいようよ。いくらふみちゃんが気を揉《も》んだって、結果は変わらないんだから」

「うん。そうだよね」

その通りだった。二三も頭では分っている。それでも気持ちは揺れ動いてしまう。どうしたら良いのだろう。

二三は切ない気持ちでため息を漏らした。と、ふいにあることが閃いた。

「マッキー、今、話しても大丈夫?」

二三は勝手口から外に出て、ことさらに声を潜めた。

「ええ、大丈夫よ。どうしたの?」

左右を見回し、一子が近くにいないのを確かめてから、スマホに向かって言った。

「鴻上先生を紹介してもらえないかしら。出来れば、土曜日の午後の早いうちか、日曜日に」

それだけで理沙は事情を察したらしい。スマホから流れてくる声が引き締まった。

「分った。今、連絡してみる。すぐ折り返すね」

通話が切れた。二三はスマホを前掛けのポケットに入れて、店の厨房へ戻った。

そのまま午後の仕込みに取り掛かると、三十分ほどでスマホが鳴った。二三は勝手口から外に出て、画面も見ずに応答した。相手の理沙も、前置きなしで切り出した。

「もしもし、鴻上先生だけど、日曜日の午後二時で良いかって」

「もちろん、大丈夫」

「先生のお宅、千歳烏山《ちとせからすやま》にあるの。駅から徒歩十五分くらいかな。私も一緒に行くから」

「ありがとう、マッキー。助かるわ」

二三は片手で口元を隠し、声を潜めた。

「ぶしつけで悪いけど、いくらくらい包めばいい？」

「お気持ちで、決まりはないみたい」

「マッキーはいくら包んだ？」

「十万」

二三は思わず息を呑んだ。するとその気配を察したように、理沙は付け加えた。

「金額はその家の事情に合わせてだから。お弟子さんもそう言ってたわ。うちは問題が深刻だから、思い切って張り込んだの。皆が十万出すわけじゃないからね」

それから理沙はさりげない口調で言った。

「お宅なら一～二万でいいと思うわ」

二三はホッとして胸をなでおろした。

「ありがとう。そうさせてもらうね」

それから待ち合わせの時間と場所を決めて、通話を終えた。二三は待ち受け画面に戻ったスマホを握りしめた。

日曜日の午後一時半、二三は千歳烏山駅の改札で理沙と待ち合わせた。京王線特急で新《しん》宿《じゅく》駅から約十二分の距離で、世《せ》田谷《たがや》区にある。

「私、千歳烏山駅に降りたの、生まれて初めてかもしれない」

六十数年東京に住んでいても、縁のない土地には終生足を踏み入れないものらしい。そう思うと、二三は妙な感慨を覚えた。

「住宅街だから、用のない人は来ないわよ」

理沙はあっさり言って、二三と並んで歩き始めた。

駅から続く商店街は、広くはない道路の両脇《りょうわき》に庶民的な店が建ち並ぶ「下町風」だった。商店街を通り抜けて甲州《こうしゅう》街道を渡ると、周囲は戸建ての住宅が多くなった。車が一台やっと通れるくらいの細い路地も目立つ。

「この一帯は空襲がなかったんですって。だから昔の路地がそのまま残ってるらしいわ」

理沙は勝手知ったる足取りで、その細い路地を進んでゆく。その先はT字路形の行きどまりで、右奥が目指す家だった。

周囲を生垣に囲まれた二階建て木造住宅で、狭いながらも庭があり、玄関には「鴻上」と表札が出ていた。昭和を感じさせる造りで、はじめ食堂にも相通じる。二三は親近感を覚えた。

理沙がドアホンを押して名前を告げると、「お待ちください」と女性の声が答え、玄関の引き戸が開いた。出迎えたのは三十代半ばの女性で、ノーメークに眼鏡をかけ、落ち着いた雰囲気があった。鴻上まほろの弟子の一人だろう。

「いらっしゃいませ。ご案内いたします」

三和土《たたき》で靴を脱いで式台に上がり、弟子の後について廊下を進んだ。廊下に沿って襖《ふすま》が並んでいるのも、いかにも昭和な感じだった。

奥の階段を上がると、弟子は廊下に膝《ひざ》をつき、襖の奥に声をかけた。

「先生、柳井さまとお連れさまをご案内いたしました」

「どうぞ、お通しして」

中から女性の声がした。少し低めで柔らかく、通りが良くて耳に快い声だった。

弟子が両手を添えて襖を開け、理沙は一礼して中に入った。二三も後に続いた。弟子は中に入らず、廊下に座って襖を閉めた。

部屋は八畳くらいの和室で、奥に神棚が設《しつら》えられ、燈明が灯《とも》っていた。その前に座っている鴻上まほろは、五十歳くらいの、痩《や》せて小柄な女性だった。

この人が霊能者……。

二三はひどく意外な気がした。一見どこにでもいる普通のおばさんで、神がかった感じはまるでしない。巫女《みこ》のような恰好《かっこう》をしているかと思ったら、地味なワンピース姿で、十字架も数珠も下げていない。あくまでも普通だった。

「鴻上先生、高校の同級生の倉《くら》……、二三《にのまえ》さんです」

「一でございます。この度は貴重なお時間を割いていただきまして、ありがとうございます」

二三は畳に両手をついて頭を下げ、神妙に挨拶《あいさつ》した。

「鴻上まほろです。本日はお越しくださってありがとうございます」

二三はゆっくりと頭を上げた。正面に座るまほろの顔が目に入った瞬間、頬にピリッとした刺激が走った。電流のようなものがかすった感触だ。

「学生時代のお写真と、まるで違いますね」

まほろはそう言って二三の顔を凝視した。

「あの、あれからもう半世紀近く経《た》ってますから」

二三は困惑しながら答えた。高校生の時と比べたら変わっているのは当たり前だ。しかし、原形はいくらか残っていると思うのだが。

と、まほろはわずかに微笑んで、首を左右に振った。

「いいえ、歳を取ったという意味ではありません。卒業写真を拝見した時、あなたを包んでいた黒い靄《もや》のようなものが、今はすっかり消えているんです。それで見間違いではないかと、驚きました」

まほろは遠くを見る目になって、呟くように言った。

「今にして思えば、あれは死の影でした。卒業写真を見る限り、あなたには死神がつきまとっていました。それで心配になって、柳井さんに余計なことを申し上げてしまいました」

二三は完全には事情が呑み込めなかった。

「あの、先生、つまり、今の私にはもうその心配はないんですね？」

「はい。大丈夫です。安心してください」

まほろはきっぱりと答えた。

その言葉を合図に、二三の胸の中ではすべてが符合して、すとんと音がするように腑《ふ》に落ちた。

あの頃、二三は孤独だった。中学二年の時、父は再婚した。翌年弟が生まれ、高校生になると妹が生まれた。両親は二三をきちんと養育してくれたが、その愛情と関心が、新たに生まれた幼い生命に注がれたのは致し方ない。

もうこの世に、心から私を愛してくれる人は誰もいない。

一子と高に出会うまで、二三はその認識を抱いて生きていた。同時に、母の亡くなった三十六歳まで生きられるか否かという疑念が、いつも心の一角を占めていた。明るい性格に生まれついて負けん気も強かったから、他人は二三のそんな心情を窺い知ることが出来なかったかもしれない。だが、不思議な力を持つまほろは、卒業写真から、当時の二三の内面を感じ取ったのだ。

「あの、先生」

思わずその場で泣き崩れそうになったが、必死に感情を抑えて、バッグから要の写真を取り出した。

「娘です。この子に亡くなった母の癌の因縁がつながっていることは、ないでしょうか？」

まほろは写真を受け取ってじっと眺め、二三に返してからもう一度微笑んだ。

「大丈夫です。むしろ、亡くなったあなたのお母さまの愛情に守られているように感じます」

二三は身体中の力が抜け、同時に涙腺《るいせん》が決壊して、その場に突っ伏して声を上げて泣いた。

理沙はバッグからハンカチを取り出して目頭を押さえたが、片手を二三の背中に置き、優しく撫でた。

二三は顔を上げ、ハンカチで涙を拭きながら、二人に向かって交互に頭を下げた。

「ありがとう、マッキー。先生、ありがとうございました」

理沙は洟《はな》をすすりながら首を振り、まほろは優しい眼差しで二人を見た。

「一さんはお姑さんと仲良くお店を経営なさっているとか。良いご縁に恵まれましたね」

「はい、私もそう思います」

二三は頷いてから、ハンカチで洟をかんだ。

「お茶をお持ちいたしました」

襖の外から声がかかり、先ほどの弟子がお茶を載せた盆を持って入ってきた。弟子は二三たちとまほろにお茶を出すと、入ってきたときと同じように、一礼して出て行った。

お茶をいただくと、ゆるやかに緊張がほぐれていった。

「あのう、先生のお力は生まれつきのものなんですか？」

緊張から解放されたせいか、生まれて初めて出会った霊能者への興味が湧《わ》き上がってきた。

「そうですね。大伯母は《千里眼》と呼ばれていたそうです。母は普通の人でしたが、叔母には力がありました。目に見えない因縁や、失せ物《うせもの》のありかや、先のことが見通せました」

「すごいですね」

二三も理沙も感心してため息を漏らした。

「そのお力は、先生のご家系の宝物ですね」

すると、まほろは寂し気な微笑を浮かべ、首を振った。

「私にはむしろ、軛《くびき》に思えます」

軛とは牛馬を馬車などにつなぐ器具のことで、転じて自由を束縛するものの意味となった。

「私の母の一族には、何代かに亘《わた》って、不思議な力を持った女の子が生まれてきました。でも、幸せになった者は誰もいません」

重い告白に二三も理沙も言葉を失い、ただ黙って耳を傾けた。

「不思議な力は、男性と交わると消滅すると言われていました。だからみんな生涯独身で、子供もいません。そして邪念を持ってもいけません。物欲とか、名誉欲とか、権力欲とか。叔母も大伯母も、助言した人たちから感謝してもらいましたが、贅沢《ぜいたく》をしたり安逸をむさぼったりということはありませんでした。大きなお屋敷や宝石やブランドものとは、生涯無縁でした」

そして、常に感覚を研ぎ澄ましていないと、力は弱まるのだという。そのために暖衣飽食も厳禁だった。

「お酒はもちろん、お腹《なか》がはち切れそうになるほど食べたり、寝坊したり昼寝したり、全部だめなんです。安逸と怠惰は許されないんです」

二三と理沙は顔を見合わせた。どちらも「しんどい」という思いが顔に現れていた。

まほろに視線を戻し、二三はあることに気が付いた。まほろは小柄で痩せている。もしかしたら子供の頃から厳しい修業をしてきて、十分な栄養を摂《と》れなかったのかもしれない。

「……ご苦労されましたね」

われながら陳腐なセリフと思ったが、二三が言葉に込めた心からの同情を、まほろは感じ取ってくれた。

「ありがとう」

口元に穏やかな笑みが浮かんだ。

「私は運命だと思っています。不思議な力を持って生まれてきた以上、世の中のためにそれを使い、困っている人の役に立てるのは私の使命です。でも、それも私の代で終わりにするつもりです」

まほろは襖の方に目を遣った。

「私は一族最後の人間で、子供がいません。だから、もう新しい世代に力は伝わりません。先ほどの子は血のつながりはありませんが、私の元で占いの修業をしています。あの子ともう一人に、私が学んできた易学、四柱推命、占星術の知識を伝えています。学問としての占いの体系を身につければ、占い師として自立できるので」

まほろは茶碗《ちゃわん》を手に取った。

「あとは礼儀作法ですね。二人ともよくやっています」

二三は大きく頷いた。

「はい。とても所作がおきれいだと思いました。それに、お茶の淹《い》れ方もお上手です」

「あら、嬉しいこと。二人に伝えておきますね」

「あのう、先生、うちは佃《つくだ》で食堂兼居酒屋をやっています」

まほろの方に、わずかに身を乗り出した。

「お近くにおいでの際は、どうぞお立ち寄りください。お昼はランチ定食、夜は居酒屋ですけど、メニュー豊富だから、下戸のお客さんもいらっしゃるんですよ」

「はじめ食堂は味は割烹、値段は居酒屋です。サービスが良くて楽しくて、とても良いお店ですよ」

理沙も口を添えたが、ふと気が付いて眉を曇らせた。

「すみません。先生、美味しいもの召し上がったりしちゃ、ダメなんですよね」

しかし、まほろは首を振った。

「今まではね。でも、これからはたまには美味しいものをお腹いっぱいいただこうと思ってるの。今までずいぶん頑張ってきたし」

「そうですよ！　先生はご立派にお務めを果たされてきました。ちょっとくらい息抜きしたって、罰《ばち》は当たりませんよ」

理沙の口調は高校生時代の、歯切れのいい下町っ子に戻っていた。

「私もそう思うの。それにね」

まほろはまるで、いたずらを打ち明けるように言った。

「うちは大伯母も叔母も、みんな早死にだったの。六十まで生きた人はいないらしいわ」

二三も理沙も愕然《がくぜん》として、氷柱《つらら》のように硬直した。しかしまほろは、楽し気に先を続けた。

「そう思うと気が楽になってね。近頃はなんだか、一日一日がご褒美をもらってるみたいに感じられるの。一さんのお店にも、是非近いうちに伺うわ」

二三と理沙は千歳烏山駅から京王線に乗り、新宿へ戻った。

「ちょっと、お茶でも飲んでいこう」

理沙の誘いで、京王プラザホテルのティーラウンジに入った。

「鴻上先生、壮絶だね」

ケーキセットを二つ注文してから、理沙はしみじみと言った。

「あんな運命って言うか、宿命を背負って生まれてくるなんて、私ならとても耐えられない」

「私だって」

二三は グラスの水を一口飲んで喉《のど》を潤した。

「ただ、きっと先生には、代々受け継がれてきた宿命を背負う覚悟が、遺伝子に組み込まれてるんだと思う。だから、粛々と受け容《うい》れて、人助けができるんじゃないかな」

「……そうなんだろうね、きっと」

理沙は深々とため息をつき、テーブルの上で指を組み合わせた。

「私ね、鴻上先生にお目にかかって、考えが変わってきたの」

二三は理沙がマニキュアをしていないことに気が付いた。これまではたとえ透明でも、爪にはマニキュアを塗っていたのに。

「これまで、私は何としてでも雅也《まさや》に部屋から出て、社会復帰してもらいたいと思ってきた」

雅也は高級官僚から一転、引きこもりになってしまった理沙の一人息子だ。

「でも、先生が『息子さんが部屋に閉じこもっていても、自ら命を絶たずに留《とど》まっていられるのは、母親のあなたがいるからだ』って仰ってくれた時から、何かが変わったの。雅也に社会復帰してもらいたいと望むのは、結局親のエゴ、私の見栄《みえ》じゃないかって思うようになった」

「そんなことないよ、マッキー。私だって同じ立場だったら、そう思うよ。だって引きこもってたら、親が死んだら生きていけないじゃない」

「そうかもしれない。でも、とりあえずうちは代々受け継いだ財産があるから、親が死んだら後見人が面倒見てくれると思う」

理沙は旧財閥系企業の創業者一族の御曹司《おんぞうし》と結婚した。だからお金は持っている。

「私、もう、今のままでいい。雅也が生きててくれたら、それだけでいい」

理沙の瞳《ひとみ》が涙で潤んだ。

「考えてみればあの子は、子供の頃から優秀で自慢の息子だった。これまでどんだけ雅也の自慢したか、数えきれない。もう、一生分の親孝行してくれたんだと思う。だからこれからはあの子の好きなように、楽に生きてくれたら、もうそれでいい」

頷いた拍子に涙の雫《しずく》がテーブルに落ち、二三は慌ててナプキンを目に押し当てた。

「マッキー、えらいね。尊敬する」

「今更尊敬してもらっても、しょうがないけど」

「そんなことないよ。これから女子会がもっと楽しくなるじゃない」

「あ、そうか」

小さく笑い合ってから、二人とも盛大に洟をかんだ。

「あ、お母さん、再検査の結果出たよ」

翌週の午後、賄いも終わって二階の茶の間に引き上げたタイミングで、二三のスマホに要から電話がかかってきた。

「ど、どうだった⁉」

「良性のしこりだって。放《ほ》っといても悪化したり、転移したりする心配はないから、手術も必要ないって。もう、脱力しまくりよ」

要の口調には明らかな安堵感がある。二三も鴻上まほろの言葉を信じてはいたが、実際に再検査の結果を聞くと、全身から力が抜けそうになった。

「とにかく良かった。今日、なんか食べたいものある？」

二三は一子に向かってOKサインを出しながら訊いた。

「そうだなあ……」

「ビフテキでもしゃぶしゃぶでもいいわよ」

「昭和感まる出しのセリフ。ビフテキイコールご馳走《ちそう》」

「そんじゃ、何が良い？」

「え～と、ニラ玉かな」

「地味なリクエストねえ」

「そこが良いのよ。さりげなく、地味に美味い」

「分りました。それじゃ、お仕事頑張って」

二三は通話を切り、一子の方を向いて、両手で大きく丸を作った。

「お姑さん、要、良性のしこりだって。取らなくていいくらいの」

「ああ、良かった。大丈夫だとは思ってたけど、結果が出るまでは落ち着かないもんねえ」

二三は両足を炬燵に突っ込んだ。要が再検査が必要だと報告をした日、ランチの日替わり定食でニラ玉を出したことを、ぼんやりと思い出した。

第四話 ▲ どうする、タケノコ!?

近年、桜の季節は少しずつ早くなるようだ。三月の終わりには桜は満開になり、四月に入ると最盛期は過ぎて、新学期が始まる頃《ころ》には散り始める。満開の桜の下で新入生が記念写真を撮る風物詩も、この先変わるかもしれない。

二三《ふみ》は桜の花びらが落ちた歩道を歩きながら、道路脇《わき》の桜の木を見上げた。枝はすでに半分以上花を落とし、地肌をさらしているが、小さな緑が芽吹いている。新緑はあっという間に成長し、五月には青々とした葉が茂るだろう。

一年で一番爽《さわ》やかな季節がやってくる……。

そう思うと、二三はほんの少し胸が弾む。何か良いことが起きるような、そんな気がする。本当は特別良いことが起きたことはないのだが、毎年この季節になると、淡い期待に胸が弾むのだ。

二三はスーパーのレジ袋を持ち直し、足を速めた。

「生姜《しょうが》焼き、小鉢プラスで！」

「焼き魚、私も小鉢プラス！」

「はい、生姜焼きと焼き魚、小鉢プラスで！」

お客さんの注文を、皐《さつき》は厨房《ちゅうぼう》に向かって復唱した。そこに肉を炒《いた》める音、食器の触れ合う音、そして客席の話し声と笑い声が入り混じり、ランチタイムのはじめ食堂はにぎやかだ。

今日は週の初めの月曜日、ランチのメニューは日替わり定食が豚肉の生姜焼きと鶏《とり》じゃが、焼き魚は文化鯖《さば》、煮魚はカラスガレイ、ワンコインは肉うどん。小鉢は無料が納豆、有料がうすいエンドウの卵とじ。味噌汁《みそしる》はワケギと油揚げ、漬物はカブの糠《ぬか》漬け（葉付き）。一子《いちこ》が丹精して育てているヴィンテージのぬか床で漬けてあるから、市販品とは一味も二味も違うはずだ。

これにドレッシング三種類かけ放題のサラダが付き、ご飯と味噌汁はお代わり自由で、一人前七百円。東京の、外れとは言え中央区でこの値段は、もはや奇跡に近い。ただ安いだけが取り柄ではなく、季節感のある食材を使い、手作りにこだわっているのだ。

自宅兼店舗でテナント料ゼロなのは強みだが、二三と一子と皐の努力無くして、このメニューでこの値段は維持できない。それを思うと二三は、いつも自分で自分を褒めてやりたくなる。

「おばちゃんとこのグリーンピース、超美味《おい》しいね」

うすいエンドウの卵とじを食べた若い女性客が、厨房の二三に向かって声をかけた。

「それに、すごく柔らかい。青臭さもないし」

「でしょ。それ、グリーンピースじゃなくて、うすいエンドウっていうのよ」

「へえ」

和歌山を中心に栽培されていて、関西では春を告げる食材として広く食べられているが、関東に普及してからまだ日は浅い。

「明日、豆ご飯にするから、食べに来てね」

「うん、絶対来る!」

隣に座った同僚も「良いね!」と目を輝かせた。

「豆ご飯と筍《たけのこ》ご飯って、春が来たって感じだよね」

「うん、うん。地味に幸せ」

皐は初耳だったが、もちろん、豆ご飯は大好きだ。

「明日、豆ご飯ですって。来てくださいね」

焼き魚定食をテーブルに置いてお客さんに言うと、ご常連の中年サラリーマンは嬉《うれ》しそうに頷《うなず》いた。

「豆ご飯、良いなあ。最近全然食べてなくてさ」

その様子をカウンター越しに見て、二三は一子を振り返った。

「お姑《かあ》さん、来週、筍ご飯もやろうよ」

「そうね。煮物か味噌汁で予告しといて」

二人の顔に共犯者のような笑みが浮かんだ。料理で企むサプライズは、いつも楽しい。


「春到来だね」

うすいエンドウの卵とじを見て、三原茂之《みはらしげゆき》が感慨深そうに呟《つぶや》いた。

「うすいエンドウの旬《しゅん》は、三月下旬から五月までだったかな。出回る時期が短いから、より深く季節を感じる」

「筍も桜も同じ。盛りが短いほど、季節感が色濃く出るわ」

野田梓《のだあずさ》もうすいエンドウを一口食べて、しみじみと言った。

今は午後一時半。十一時半の開店と同時に、お客さんの波は一度、二度、三度と押し寄せるが、一時を過ぎると引き始め、今は遅い時間に来店するご常連の三原と梓だけしかいない。ちなみに今日の二人の選択は、三原が鶏じゃが、梓は煮魚だった。

「この前雑誌で読んだんだけど……」

梓はカラスガレイに箸《はし》を伸ばして言った。

「薬膳《やくぜん》の教えでは、果物は身体《からだ》を潤す働きがあるけど、冷やす働きもあるんだって」

「なるほど。夏にスイカを食べるのは理に適《かな》ってるってことか」

二三が言うと、梓はご飯を一口食べて頷いた。

「そう、そう。だけど、身体を温める果物が三つあるって。ザクロと桃とサクランボ」

「高い物ばっかりね」

「それと、旬が短いって」

「そうよね。サクランボなんか、スーパーで見かけたと思ったらすぐなくなっちゃうし、そもそも普通のスーパーでザクロなんか売ってないでしょ」

「だからあたし、先月から毎日ザクロを使った酵素ドリンク飲んでるの。これなら一年中ザクロを摂れるし、発酵食品は身体に良いし」

「野田ちゃん、急にどうしたのよ」

二三は梓の顔をまじまじと見た。今まで薬やサプリには全く興味がなかったのに。

「先月、美容院で読んだ雑誌に麻木《あさぎ》久仁子《くにこ》の対談が載っててね、アフター更年期の健康を考えるってテーマだった。彼女、国際薬膳師と国際中医師の資格を持ってるんですって」

「へえ。知らなかった」

麻木久仁子と言えば、二三にはバラエティ番組で活躍した知性派タレントのイメージしかないが、実は脳梗塞《のうこうそく》と乳癌《にゅうがん》を患ったのをきっかけに薬膳の勉強を始め、今は薬膳に関する本を何冊も出版している。

「そこにね、女性の変化は七の倍数の年に起こるって書いてあって、ハッとしたのよ。私、四十九歳で更年期が始まったし、五十六歳で詐欺に引っかかったし、六十三歳で急速に老化が進んだ感じなの。思い当たることばっかりよ」

そう言われてみれば二三も同じだった。四十九歳で更年期が始まり、五十六歳で体力の衰えを感じ、還暦を過ぎて二〜三年すると体力はもちろん、記憶力が著しく減退した。何かを取ろうとして冷蔵庫を開けたのに、一瞬、何故《なぜ》冷蔵庫を開けたのか分らなくなる。物を置いた場所を忘れるのはしょっちゅうで、毎日探し物をするようになった。

「そこに書いてあったのよ。次の七の年に備えて、前の七の年から準備した方が良いって。次の七って言ったら七十でしょ。これからあっという間よ」

「そうよね！」

二三も胸を衝《つ》かれる思いがした。年月がスペースシャトル並みの速さで通り過ぎてゆく今、七十歳はすぐやってくる。

「野田ちゃん、そのドリンク、なんていうの？」

「ちょっと待って」

梓は手提げ袋からスマホを取り出し、画面をタップした。

「ＬＩＮＥ送ったから、確認して」

二三もスマホを取り出し、画面を確認した。

「あ、来てる、来てる。ありがとう」

その様子を見た一子は、半ば感心し、半ば呆《あき》れていた。

「やっぱり今は便利になったのかねえ」

「お姑さん、一緒にザクロドリンク飲もうよ」

一子は煙を払うように、顔の前で手を振った。

「あたしはいいよ。今年七の年でもう九十を超えるしね。お迎えが来たって歳《とし》に不足はないし。それより、要《かなめ》に飲ませたらどうだろう。あの子は先が長いんだから」

「それじゃ、三人で飲もうよ」

すると三原が遠慮がちに口をはさんだ。

「発酵食品と言えば、納豆が最強じゃないですか」

「さすが三原さん」

梓がポンと膝《ひざ》を打った。

「日本食は発酵食品の王者ですよ。納豆、味噌汁、糠漬け、甘酒。それにお醤油《しょうゆ》、お酢、みりん、日本酒、鰹節《かつおぶし》も全部発酵食品なんです」

「ずいぶんあるのねえ」

改めて並べられると、その豊富さに二三はうなった。

「甘酒は飲む点滴と言われてるそうですよ」

三原は味噌汁の椀《わん》を置いて言った。

「酒粕《さけかす》で作る甘酒じゃなくて、米麹《こめこうじ》で作る方ですが、実は僕も最近、毎朝飲んでるんです。ジャパニーズヨーグルトと呼ばれているのを知って、試してみたら、美味《うま》いんで」

三原は照れたような笑みを浮かべた。

「友人にヨーグルトが良いって勧められて、試してみたんだけど、どうも口に合わなくてね。さりとてパン食で納豆は、どうも。その点甘酒は良いですよ。食後のコーヒーとも相性が良い」

「皆さん、色々と気を遣ってるんですねえ」

三原はサラダにノンオイルドレッシングをかけるくらいで、元々健康には気を遣っている方だが。

「ふみちゃん、何もしないと下がる一方だよ。毎日歳を取っていくんだからさ」

「そうよね。毎日歳取ってるのよね」

梓の言葉は胸に沁《し》みた。思い返せば高校生までは一年の歳の差は大きかったが、三十代になると一年や二年の違いは誤差の範囲と感じるようになった。その感覚は、おそらく五十代半ばくらいまで続いたように思う。

しかし、ある日突然気が付いた。一年の重みが増していることに。去年出来たことが、今年は出来なくなっていることに。今出来ていることも、来年は出来なくなるかもしれないことに。

「哀《かな》しいよね」

時の流れは一方通行だ。前に進むだけで、後戻りはできない。

「まあ、少しずつ、手入れしながらやっていくより仕方ないよ。急に良くなることなんかないんだから」

一子のさばさばした声で、二三は感傷から引き戻された。

「そうだよね。今日、ザクロドリンク注文する」

その日、午後に店を再開したはじめ食堂に一番乗りしたのは、辰浪康平《たつなみこうへい》と菊川瑠美《きくかわるみ》のカップルだった。

「伊佐小町《いさこまち》のソーダ割二つね」

康平がおしぼりで手を拭《ふ》きながら注文を告げた。伊佐小町は鹿児島の大口《おおくち》酒造が作っている芋焼酎《いもじようちゆう》で、紅茶と花とを合わせたような華やかな香りが特徴だ。今日、康平が勧めて卸したばかりだった。

「教室の方はどう?」

カウンターの隣に座った瑠美は、残念そうに答えた。

「今年は特に応募者が多くてね。お断りするの、申し訳なかったわ」

瑠美の料理教室は人気が高く、半年ごとの募集には毎回応募者が殺到する。流行病《はやりやまい》が猛威をふるっていた頃は、リモート講義に切り替えを余儀なくされた時期もあり、直接生徒たちと向き合えるようになったことは、喜びもひとしおだった。しかし、すべての応募者を受け入れることは出来ない。

「あら、うすいエンドウじゃない」

しかし皐がお通しを前に置くと、たちまち表情が明るくなった。

「シメに豆ご飯かリゾット、出来ますよ」

康平と瑠美はさっと顔を見合わせ、次の瞬間には答えを決めた。

「豆ご飯」

「最初はグーって感じだな。リゾットはまたのお楽しみ」

康平の意味不明の冗談がハマり、瑠美は笑い声を立てた。

「乾杯！」

伊佐小町のソーダ割のグラスを合わせると、二人はメニューに目を転じた。

「筍の木《こ》の芽和《あ》えは外せないわね。それと日向夏《ひゅうがなつ》とホタルイカとルッコラの柚子胡椒《ゆずこしょう》サラダ。新人スター揃《そろ》い踏み」

「居酒屋の定番、アサリの酒蒸しも頼もうか」

「そうね。あと、がっつり系のお料理も何か」

「ポークソテー、お好みでおろしぽん酢。これ、良くない？」

「良いわ。そしてシメは豆ご飯プラス若竹味噌汁」

「決まり。さっちゃん、以上で」

「はい、ありがとうございます」

皐はカウンターから厨房に引き返した。

筍はもちろん皮付きを買って、昼休みの間に茹《ゆ》でておいた。その筍は薄切りにして出汁《だし》で煮てある。

一子が冷蔵庫から筍を出し、木の芽味噌で和えて器に盛った。木の芽味噌は木の芽をすり鉢ですりつぶし、白味噌と砂糖、出汁で伸ばしたものだ。薄い緑色で見た目が美しく、何より香りが素晴らしい。

皐は一子の指導の下、今日初めて木の芽味噌を作った。だから注文が入ると嬉しくなる。

「ああ、春の香り」

瑠美は木の芽の香りを胸いっぱいに吸い込んだ。

「山椒《さんしょう》の葉だけど、ちょっと違う香りよね。より爽やかで」

康平は木の芽和えを口に入れ、うっとりと目を細めた。

「サラダ、お待たせしました」

ルッコラの葉を敷いた皿の上にホタルイカを載せ、日向夏の薄切りを散らすと、緑と茶色と黄色の色どりが楽しい。ホタルイカの濃厚さと日向夏の爽やかさが調和して、互いを引き立て合っている。

「このドレッシング、自家製？」

一口食べて、瑠美が厨房に尋ねた。

「オリーブオイルと柚子ぽんと柚子胡椒。ちょっと醬油が入った方が、ホタルイカに合うと思って」

「ピッタリ。醬油って、隠し味にも使えるのよね」

康平がソーダ割を飲み干した。

「さっちゃん、お代わり」

「私も」

瑠美も伊佐小町が気に入ったようで、グラスを空にした。

「俺《おれ》、甲殻類アレルギーでなくて、ホントに良かった」

康平がホタルイカを箸でつまんで言った。

「急に、どうしたの？」

「知り合いに、甲殻類アレルギーがいるんだよ。どういうのか知ってる？」

「ええと、海老《えび》と蟹《かに》がダメなんでしょ」

康平は人差し指を立て、メトロノームのように左右に振った。

「甘い。イカ、タコ、貝、要するに骨のないモノは全部だめなんだって。万里《ばんり》と逆だな。あいつは魚以外の魚介は食えるから」

「それはお気の毒に」

「その人は特に重症なんだって。軽い人はイカ、タコ、貝は食えるらしい」

「でも、甲殻類アレルギーだと海老せんは食べられないわよね。それに、甲殻類のエキスの入った調味料もアウトでしょ」

瑠美は頭の中で調味料やスープの素《もと》を思い浮かべた。

「大変ね」

そう呟いて口に入れたホタルイカが、何故か一層美味しく感じられた。

「二三さんはご一家で、これから、ザクロ酵素ドリンクを飲むんですって」

ソーダ割のお代わりをカウンターに置いて、皐が言った。

「ザクロ酵素?」

康平と瑠美はおうむ返しに唱えて、二三を見上げた。

「昼間、野田ちゃんに言われたんです。次の七の倍数の年に備えろって」

二三が梓とのやり取りを簡単に説明すると、康平は腑《ふ》に落ちない様子だったが、瑠美は真剣な顔で頷いた。

「すごく身につまされるわ。私の次の七の年は四十九なの。更年期の始まりよね」

「先生は料理研究家だから、健康的な食生活を送ってらっしゃるんじゃないですか」

皐の言葉に、瑠美は情けなさそうに顔をしかめた。

「私は毎日、色々な食材を使って新しいレシピを考えるのに精いっぱいで、健康は二の次なの。雑誌やテレビで求められるのも、見栄えとお手軽さだし。栄養学は少しかじったけど、薬膳の知識はゼロなのよ」

瑠美は少し大げさに天を仰いだ。

「忙しくて朝ご飯を抜くこともあるし、昼ご飯をコンビニのおにぎりで済ませることもあるし、夜の会食が続くこともあるし、最近はもう、食生活乱れまくり。栄養バランスの良い食事って、はじめ食堂だけかもしれない」

「ここんとこレシピ本の依頼ラッシュで、ますます時間が足りないんだ」

康平はいたわるように瑠美を見て、説明を補った。

「先生、完璧《かんぺき》にやろうとしないで、出来ることから少しずつなさればいいんですよ」

一子がカウンターの隅から優しく声をかけた。

「野田さんは毎日ザクロ酵素、三原さんは米麹の甘酒を飲んでるそうです。それだけでも多少違うんじゃないでしょうか」

「あと、シャワー浴じゃなくて、湯船につかるのもすごくいいんですよ。毎日お風呂に入ると、認知症になるリスクが三十パーセント減るそうです」

皐も励ますように口を添えた。

「何より、あれもできなかった、これもできなかったって、マイナス面ばかり数えちゃだめですよ。メンタルが下がると体調にも影響しますから」

「最近、とみに感じるわ」

瑠美は神妙に頷いた。

「いやなことがあると、仕事に集中出来なくて。昔はどんなことがあっても、仕事は大丈夫だったのに」

二三はアサリの酒蒸しを作り始めた。昔から親しまれた居酒屋料理の定番だ。

フライパンにサラダ油を引き、みじん切りにした生姜とニンニクを入れて火にかける。香りが立ったら砂抜きしたアサリを加えて酒をふり、さっと炒めて蓋《ふた》をする。二分ほど蒸し焼きにして、アサリの殻が開いたら醤油を垂らし、ひと混ぜして器に盛る。

カウンター越しにニンニクと生姜の香りが漂ってきて、康平と瑠美は早くも鼻をうごめかせた。

「伊佐小町、酒蒸しにも合いそうね」

「次のポークソテーにも合うよ。香りが華やかだけど癖がないから、食中酒としてお勧めなんだ」

「今日はこれ一本で通そうかしら。でも、最後はやっぱり日本酒で締めたいな」

「賛成」

二人は同時に手を伸ばし、アサリの殻をつまんで口に運び、身をすすり込んだ。

「こんばんは」

そこへ現れたのは松原団《まつばらだん》と千歳《ちとせ》の新婚カップルだった。

「いらっしゃい。千歳さん、お久しぶり」

「ご無沙汰《ぶさた》してます」

団は月曜から金曜まで野菜を届けに顔を出すが、千歳は結婚以来、二回目の来店だった。

二人はテーブル席に腰を下ろした。皐がおしぼりとお通しを運んで行き、飲み物の注文を尋ねた。

「何にする？」

「私、久しぶりにスパークリングワイン、飲みたい」

「じゃ、僕も同じにする。ボトルでください」

「はい、ありがとうございます」

二三は冷蔵庫からスパークリングワインの瓶を取り出し、掲げて見せた。

「サンテロ・ピノ・シャルドネ・スプマンテ。イタリア産で、きめ細かな泡立ちで、味はすっきり辛口。どんな料理にも良く合います……よね？」

最後は康平に向かって言うと、黙ってＯＫサインを出した。

「うすいエンドウ。今日卸したんだ」

団がお通しを指さして千歳に言った。はじめ食堂の野菜はほとんど、松原青果から仕入れているのだ。

「シメに豆ご飯、如何《いかが》ですか？」

皐はグラスをテーブルに置くと、セールストークを口にした。

「どう？」

「もちろん、食べたいわ、豆ご飯」

団は微笑《ほほえ》んで、皐に向かって指を二本立てた。

「若竹味噌汁、漬物付きで二つ、お願いします」

千歳の意向を確かめてから注文を決める団の様子に、新婚生活の一端が垣間見《かいまみ》えて、誰《だれ》もが微笑ましい気持ちになった。思いやり深い夫とその家族に支えられて、千歳は順調に料理人としての道を歩んでいる。そんな千歳の心が愛と感謝で満たされているのは、顔の表情や言葉の端々から窺《うかが》われた。

乾杯してシャンパングラスを傾けると、千歳は大きく息を吐いた。

「ああ、美味しい」

「やっぱりおしゃれだよな、スパークリングワイン」

二人はうすいエンドウの卵とじを肴《さかな》にサンテロを飲みながら、料理の検討に入った。

「冷やしアスパラと筍の木の芽和え、タラの芽の天ぷらは気になるな。今日、うちで卸したやつだから」

「私、ホタルイカとエリンギのオイマヨ炒め、食べてみたい」

「あ、それ良いね。うちじゃホタルイカは、刺身か酢味噌和えばっかりだから」

「メイン、何が良い？」

「僕、ここの海老フライ食べてみたいんだ。初代シェフの直伝で、一子さんが揚げるんだって。タルタルソースもバカうまらしいよ」

「食べたい！」

千歳は目を輝かせた。団はメニューを手に、皐に注文を告げた。

「それで、話って何？」

団はいくらか声を潜めた。もしかして、家族に聞かれたくない話があるので、今夜は二人で外食したのだろうか。千歳は団の方に顔を寄せた。

「開《かい》さん、付き合ってる人いる？」

開は団の弟で、二歳下だった。

「さあ。いないと思うけど、どうして？」

「閑谷《しずたに》ケイと付き合ったらどうかと思って」

閑谷ケイは千歳の調理学校時代の同窓生で、今は有名なイタリアンレストランでスーシェフを務めている。小柄な千歳とは対照的に、大柄で骨太の体格だった。しかし、穏やかな表情と落ち着いた物言いには、母性的な魅力が漂っていた。

「ケイは厨房にいて、直接お客さんと接するわけじゃないでしょ。出会いのチャンスがないのよね。だから、どうしても婚期が遅れると思うの」

若い千歳が「婚期」という古風な言葉を口にするのは、いささかミスマッチに感じられたが、その口調は真剣だった。

「結婚式に来てくれたとき、私、感じたの。ケイも結婚したいんだなって。今までは料理一筋でがむしゃらにやってきたけど、やっと階段の踊り場にたどり着いて、落ち着いて周りを見る余裕が出来て、自分の将来のことも考えたんじゃないかな」

皐が木の芽和えを運んできたが、千歳はそのまま話し続けた。

「女性の場合、子供を持つことを考えると、やっぱり年齢も大事なのよ。妊娠可能なうちに結婚して、高齢出産にならないうちに産んだ方が、仕事に復帰するのに有利だし」

団は木の芽和えをつまんで、考える顔になった。

「でも、二人がお互いを気に入るかどうか分らないし……」

千歳も木の芽和えを口に入れて頷いた。

「うん。だから、一回会わせてみようよ。気が合えばラッキーだし、合わなかったらしょうがないし」

「そうだなあ」

団は二人のグラスにサンテロを注《つ》ぎ足した。

厨房の中では二三がポークソテーを焼き、一子はタラの芽の天ぷらを揚げ、皐はおろし金で大根をおろした。

出来上がると二三はカウンター越しにポークソテーの皿を差し出し、皐はテーブルにタラの芽の天ぷらを運んだ。

ポークソテーには大根おろしと大葉の千切り、そして柚子ぽんがかかっている。

「テレビの食レポでやたら『さっぱりしてる』って言うの、バカにしてたけど、いつの間にかさっぱりしたものばっかり選ぶようになっちゃった。ポークソテーなんて久しぶり」

瑠美は大根おろしをたっぷり載せて、ポークソテーを一切れ口に入れた。

「鶏の唐揚げにレモンかけて『さっぱり食べられます』なんて言われると、『唐揚げは元々さっぱりした料理じゃない、さっぱりが好きなら鶏わさでも食べてろ』って、突っ込んでた時期もあったんだけど」

「俺も近頃は『こってり』より『さっぱり』だな。歳取ったせいかなあ」

「昔はハンバーグはデミグラだったけど、今は絶対におろしぽん酢だし」

「でもタルタルは美味いよね。海老フライと牡蠣《かき》フライにタルタルついてこないと、裏切られたような気がする」

「特にはじめ食堂のタルタルソースは最高。パンにつけてもご飯にかけても美味しいわ」

二人のやり取りを聞きながら、二三はホタルイカとエリンギをフライパンで炒め、一子は海老フライを揚げる準備に入った。

炊飯ジャーのタイマーが炊き上がりを知らせた。ランチ営業のご飯はガス炊きだが、夜営業では電気釜《がま》を使っている。

二三はジャーの蓋を開け、ザルに上げておいたうすいエンドウを釜に投入して、しゃもじでざっくりと混ぜた。うすいエンドウは先に塩茹でし、その茹で汁に白出汁、酒を加えてご飯を炊く。一緒に炊くと、豆の皮がシワシワになってしまうのだ。

「お待たせしました」

豆ご飯、若竹味噌汁、カブの糠漬けがカウンターに並んだ。

「春の食卓って感じ」

目を輝かせる瑠美の隣で、康平は早くも茶碗《ちゃわん》を手に取った。

「先生、味噌汁も糠漬けも発酵食品ですから」

一子の言葉に、瑠美は嬉しそうに頷いた。

「そうね。無理しないで、ちょっとずつやっていくわ」

瑠美と康平は楽しそうに豆ご飯を平らげていった。

康平と瑠美が帰ると、入れ違いに訪問医の山下智《やましたさとる》がやってきた。店に一歩足を踏み入れるなり、山下は両手の指を交差させてバツ印を作った。

「すみません。今日夜勤なんで、食事だけで」

「いらっしゃいませ。ちょうど良かった」

二三はカウンターから身を乗り出した。

「先生、今日は豆ご飯がありますよ」

「ホントですか？　ラッキー」

山下はカウンター席に腰を下ろし、笑顔になった。

「お料理、どうします？　スタミナつけるならポークソテーか海老フライがお勧めですけど」

「ポークソテー下さい。今日は肉が食べたい」

「小鉢で筍の木の芽和え、召し上がりますか？」

「是非！」

二三と一子はすぐに料理に取り掛かった。

皐は団と千歳のカップル用に豆ご飯と若竹味噌汁、漬物を盆にセットし、テーブルに運んだ。

「豆ご飯美味そう」

団がそう言い、二人は茶碗を手に取った。しかし、次の瞬間、思いがけないことになった。

千歳が茶碗を置き、両手で口元を押さえたのだ。そのまま椅子《いす》から立ち上がり、トイレに駆け込んだ。

「どうしたのかしら？」

皐は困惑してカウンターを振り返った。二三と一子と山下は、戸惑った様子もなく、落ち着いていた。

「あの……、先生？」

「多分、おめでたじゃないかしら」

一子の言葉に、皐と団はびっくりして息を吞《の》んだが、二三と山下はしっかりと頷き合った。

「もう結婚して三ヶ月になるんだから、赤ちゃんが出来ても不思議じゃないと思うよ」

言われてみれば理に適っている。団も思い当たる節があったようで、納得した顔になった。

「先生、どうぞ」

山下のポークソテーが焼き上がった頃、千歳はトイレから出てきた。さすがに青ざめている。

「大丈夫？」

団の問いに黙ってうなずいた。

皐が気を利かせて冷たい水を持って行った。

「ありがとう」

千歳は半分ほど飲んで、コップを置いた。

「今、一子さんが、おめでたじゃないかって」

千歳はもう一度頷いた。

「実は、私もそうじゃないかと思う。結婚してから生理がなくて……。環境が変わったせいかと思ってたんだけど」

「明日、一緒に病院に行こう」

「うん。検査薬もあるけど、病院の方が安心だもんね」

二人は椅子から立ち上がった。

二三は千歳の豆ご飯をお土産にして手渡した。

「どうも、お騒がせしました」

頭を下げる二人に、一子と二三が声をかけた。

「ちょっと気が早いけど、おめでとうございます」

「お大事にね」

団は千歳の肩を抱くようにして、店を出て行った。

「おめでたがほんとだったら良いね」

二三は一子と山下を交互に見て言った。

「大丈夫ですよ。二人とも若くて健康そうだ」

山下が確信に満ちた口調で言った。それを聞くと二三は、山下が言うんだから間違いないと思ってしまう。医者に必要なのは知識と技術はもちろん、信頼性だと改めて感じ入った。


翌朝、団ははじめ食堂に野菜の配達にやって来た。

「千歳さん、具合どう?」

早速女性三人に取り囲まれてしまった。

「はい。あれから吐き気はありません。ただ、やっぱりご飯はダメみたいで、今朝はパンをかじってました」

団は仕事が終わったら、千歳に付き添って病院に行くという。

「さっき、店に臨時休業の貼り紙をしてきました。お客さんには申し訳ないですけど、仕方ないですね」

「そうよ。一生の一大事なんだから」

団が帰ると、二三は野菜をしまいながら一子に言った。

「今どきの旦那《だんな》は優しいね。奥さんに付き添って一緒に病院へ行くんだもん」

「そうねえ。あたしの若い頃なら、後ろ指さされたわよ」

「羨《うらや》ましいですか？」

皐の問いに、二三と一子は声を揃えた。

「もちろん！」

翌朝、ランチの準備を始めるそうそう、千歳が店を訪れた。

「一昨日《おととい》はご迷惑かけて、すみませんでした」

キチンと一礼してから、病院での検査結果を報告した。予想にたがわず、千歳は妊娠していた。三ヶ月目に入るところだという。

「おめでとう！」

はじめ食堂の三人は声を揃えた。

「ありがとうございます」

千歳は嬉しそうに答えたが、その後でほんの少し眉《まゆ》を曇らせた。三人とも千歳の悩みを察していた。

「お店の方は、どうなさるの？」

代表して二三が尋ねた。

「ギリギリまで働くつもりです。生まれたら、お姑さんが面倒見て下さるんで、仕事に復帰します。ただ、最低半年は休むことになるので、その間、店をどうしようかって悩んでるんです」

「そうね。人気店ですもんね」

「思い切って休業するのはどう？　お宅なら半年くらい休んだって、店を開ければすぐお客さんは戻ってくるんじゃないかしら」

皐の言葉に、千歳は曖昧《あいまい》な表情で頷いた。

「一応、それが第一の選択なんですけど、出来れば完全に休ませたくないんです。空き店舗って、傷むし」

確かに、空き家は傷みが早いという。店舗ならそれ以上かもしれない。

「串田《くしだ》さんにも相談して、了解がもらえたら……の話ですけど」

千歳はそこで悩まし気に眉を寄せた。

「かといって、半年限定で店を開く人がいるとも思えないし……」

「貸すとしたら、なんの店が良いのかしら。やっぱりラーメン屋さん？」

「それもまだ考えてないんです」

無理もない。妊娠が分ったのは昨日なのだから。

「ただ、改装とかしないで、今のまま使ってもらえるなら、なんの店かも業態もこだわりません。お蕎麦屋《そばや》さんでも、居酒屋さんでも」

「うちが支店を出せればいいんだけど、とてもそんな余裕ないしね」

二三が言うと、千歳は慌てて顔の前で手を振った。

「とんでもありません。そんなこと、全然考えてませんから」

そして、ちらりと壁の時計に目を遣《や》った。

「お時間取らせてすみません。ご報告だけのつもりだったのに」

一子がいたわるように声をかけた。

「テナントの件、伺って良かったわ。もし何か心当たりが見つかったら、お知らせしますね」

「ありがとうございます。よろしくお願いします」

千歳はもう一度頭を下げて、店を出て行った。

「半年限定って、難しいですよね」

皐はテーブルを拭きながら言った。

「ファッション小物のアンテナショップとか、イベント用の出店ならありそうだけど、飲食店じゃあ」

「本人も分ってると思うわ。ダメ元で話してみただけじゃない」

二三は米を研ぎながら答えた。頭の中であれこれ考えてみたが、半年限定で飲食店を出店するメリットは、思いつかなかった。

千歳は店に戻り、スープの仕込みを始めた。身体は慣れ親しんだ作業をそつなくこなしていくが、心の方は千々に乱れていた。

愛する人との間に初めて子供を授かったのだ。嬉しくないわけがない。しかし、最初の驚きと喜びが一段落すると、嬉しさ以外の感情も芽生えてきた。

ラーメンちとせのことだった。母体と子供の健康を考慮して、最低半年の産休は必要になる。それを思うと不安と焦燥に襲われた。

開業して半年。固定ファンもできて、常連やリピーターも増えた。だが、まだまだ新顔だ。休んでいたら忘れられる危険がある。今の日本でラーメン店は激戦区だ。人気店がひしめいている上に、新しいスター店がどんどん誕生している。

お客さんは気まぐれだ。休業している間に別のラーメン店と出会い、そっちの常連に鞍《くら》替《が》えしてしまうかもしれない。だから人気のあった店の客足が落ちたり、開店から一年も経《た》たないうちに閉店に追い込まれる店もあるのだ。

千歳は自分の腹に手を当てた。新しい命が宿っている。嬉しい。ありがたい。

でも、どうしてあと三年待ってくれなかったのだろう。三年あれば、ラーメンちとせの屋台骨を盤石のものにできたのに。半年くらい休業しても、お客さんの心をがっちりつかんで離さなかったのに。

迂闊《うかつ》だった。こんなにも簡単に妊娠するとは思わなかった。

千歳は深いため息をついた。せっかくの妊娠を素直に喜べない自分がひどく不人情に思われて、団に申し訳ない気がした。

不意に涙があふれてきて、千歳はあわててエプロンで目元を拭《ぬぐ》った。

その日、賄いが終わって後片付けをしている途中で、はじめ食堂の電話が鳴った。

「お久しぶりです。永野《ながの》つばさです」

二三が応答すると、受話器から聞こえる声の主は、団と千歳の結婚式以来となるつばさだった。

「今日、六時に五人で予約できますか？」

「それはありがとうございます。もちろん、大丈夫ですよ」

はじめ食堂は食堂兼居酒屋なので、予約して来店するお客さんは滅多にない。

「うちの母と伯父夫婦、それと私の友人で伺います。よろしくお願いします」

「お待ちしております」

二三は受話器を置くと、一子と皐を振り返った。

「つばささん。六時に足利《あしかが》先生ご夫妻と、お母さんと、お友達の五人で来るって」

「つばささんのお母さんって、初めてね」

足利省吾《しょうご》は人気時代小説作家で、月に一回くらい夫人同伴で来店してくれるが、つばさの母に会うのは初めてだった。

「伯父さん夫婦とお母さんって、結構重々しいですね。誰かの誕生日とかなのかしら」

皐が食器を洗いながら首をかしげた。

「今日、団さんが筍持って来てくれて良かった。シメは筍ご飯にしよう」

一子が張り切って腕をまくった。

六時少し前に、つばさ一行は店に入ってきた。つばさの後ろから入ってきた男性を見て、二三も一子も皐も思わず声を上げた。

「開さん！」

松原団の弟、開だった。開と会うのも結婚式以来だ。

「どうも、お久しぶりです」

開は照れたような笑みを浮かべた。

「まあ、皆さんお知り合いだったのね」

その様子を見て、足利省吾夫人の紗和《さわ》が言った。紗和は押し花作家で、足利とは仕事を通して知り合い、結婚した。二人とも婚期が遅れ、六十を過ぎてからの結婚だったが、夫婦仲の良さは店での様子からも窺われた。

「皆さん、母です」

「どうも、はじめまして」

つばさの母ははじめ食堂の面々に向かって頭を下げた。五十鈴《いすず》という名で、つばさと良く似ていた。六十代だろうが年齢より若々しく、年の離れた姉と言っても通りそうだ。

一同は四人掛けと二人掛けのテーブルを付けた席に腰を下ろした。

「いらっしゃいませ」

皐がおしぼりとお通しを運んで行った。

「これは、雷豆腐だね」

お通しの器を一目見て、足利が言った。

「はい。さすが、よくご存じで」

「雷豆腐って何？」

つばさが足利に尋ねた。

「江戸時代からある料理だよ。熱いゴマ油で豆腐を焼くと、雷みたいな派手な音がするので名づけられた」

塩、醤油、酒、みりんで味を付け、刻みネギと削り節を飾る。栄養価が高くて食べやすく、ご飯のおかずにも酒の肴にも合う。

「お飲み物は何になさいますか？」

「伯父さん、スパークリングワイン頼んでいい？」

「いいよ」

足利は気軽に答えると皐に言った。

「料理はお勧めのものを見繕ってください。ここは何を食べても美味いから」

同意を求めるように紗和を見ると、紗和もにっこり笑って頷いた。

「今、チラッとメニューを見たら、筍の木の芽和えがあったわ。粋《いき》な料理よね」

二三は冷蔵庫からサンテロ・ピノ・シャルドネ・スプマンテの瓶を出し、皐はテーブルにグラスを並べた。

つばさたちはサンテロで乾杯してから箸を取り、雷豆腐をつまんだ。

「あら、美味しい。全然油っこくないわ」

「高温の油で焼くと、豆腐の中まで油が浸透しないのでさっぱり仕上がると、本に書いてあった」

時代小説に登場する料理にも考証が必要なので、足利は江戸時代の料理の本も調べるという。

「伯父さん、もう一本頼んでも良い？」

つばさがサンテロの瓶を指さした。グラス五杯に注ぎ分けたので、中身は残りわずかだった。

「いいよ。他の人も、何でも好きなものを頼みなさい」

「今日は私がご招待するなんて言って、ホントは伯父さんにご馳走《ちそう》になる気なんでしょ」

五十鈴はたしなめる口調だったが、つばさは悪びれた素振りもなく、足利を拝む真似《まね》をした。

「ゴチになります」

「いいさ、いいさ。はじめ食堂なら財布も痛まない」

二三は最初の料理はスパークリングワインに合わせて、日向夏と生ハムとモッツァレラチーズのサラダを出した。次から順に、ホタルイカとエリンギのオイマヨ炒め、筍の木の芽和え、タラの芽の天ぷら、青柳《あおやぎ》とワカメの酢の物、白魚の卵とじ。すべて旬の食材を使った一品だ。

そしてメインは海老フライ。孝蔵《こうぞう》直伝のタルタルソース付き。

最後は筍ご飯、きぬさやと豆腐の味噌汁、カブの糠漬けをセットで出す予定だった。

足利はグラスを置くと、まっすぐに開を見て尋ねた。

「ところで、松原君でしたね。今日はつばさが君を紹介したいということで来たんだが……」

「どうも、失礼しました。僕は博進堂《はくしんどう》の営業部で働いています。つばささんが、僕の親友のお兄さん夫婦がやっている店に勤めていて、それで知り合いました」

博進堂は大手の化粧品メーカーだった。

「開さんのお兄さんの結婚式に、サンドイッチの注文を大量にいただいたの。私が配達に行ったんだけど、途中で渋滞に巻き込まれちゃって」

式には間に合ったが、約束の時間より大幅に遅れてしまった。しかし開は少しも怒らず、むしろ気が気ではなかったであろうつばさをいたわる気遣いを見せた。

「それからずっと気になってたんだけど、二月に入って、何度も店に来てくれるようになって」

「代官山に新しくオープンしたエステティックサロンと美容院が、わが社の製品を仕入れてくれることになったんです。で、お店に顔を出した帰りに、つばささんの店でサンドイッチを買って帰るのが習慣みたいになって……」

二人はそこでちらりと目を見交わした。その様子を見れば、そこから先は想像がついた。

「実は、先日つばささんにプロポーズしました」

「まあ」

紗和は小さく声を漏らしたが、母の五十鈴はあらかじめ聞かされていたようで、驚きを見せなかった。

「私、喜んでお受けしますって答えたの。正直言うと、初めて会った時から、何となくこうなるんじゃないかって予感がした」

「まずはおめでとう。良かったよ」

足利はホッとしたような声で言った。一度は不倫騒動を起こしたこともある姪《めい》が、しかるべき伴侶《はんりょ》を見つけたことに安堵《あんど》しているのだろう。

二三も一子も同じ気持ちだった。二股《ふたまた》をかけた男への腹いせに、月島《つきしま》のパン店ハニームーンの宇佐美大河《うさみたいが》を恋人役に仕立て、はじめ食堂を舞台につばさが一芝居打ったのも、ほんの二〜三年前のことだ。色々あったがパン職人を志し、精進を続けている。

「それで、立ち入ったことを伺うけど、結婚したら住まいとかは、どうしますか」

開はサンテロを一口飲み、喉《のど》を湿らせてから口を開いた。

「僕の家は農家でして、兄は店舗を持たず、野菜の訪問販売をしています。こちらのお店にもご贔屓《ひいき》にしていただいてます」

開は二三たちの方を振り返り、軽く頭を下げた。

「兄嫁は一人でラーメン屋をやってます。この並びの、五軒ほど先にある店です。二人は家の近くの賃貸マンションで暮らしていますが、いずれ子供が生まれたら、家を二世帯住宅に建て替えて、両親と同居する予定です。そんなわけで、僕は結婚したら家を出て別に所帯を持つつもりです」

開はつばさの方をちらりと見た。それを受けてつばさが話を引き取った。

「開さん、同居しても良いって言ってくれたの。それに、養子縁組でも構わないって」

足利と紗和はわずかに目を見開いた。

五十鈴は兄夫婦の顔を見て小さく頷いた。若くして夫を亡くし、娘と共に実家に戻って兄と同居していたが、足利の結婚を機に財産の一部を贈与され、都内にマンションを購入して、つばさと二人で暮らしている。今はまだ若くて健康だが、いずれ老いは忍び寄る。娘夫婦が同居してくれたら、それは心強いだろう。まして、婿が養子に入ってくれたら。

「姪と妹には大変ありがたい話だと思うけど、君のご両親は大丈夫なの？　やっぱり男の子だし」

「兄がいるから大丈夫です」

足利は気がかりな様子だったが、開はあっさりと答えた。

「それで、式の日取りとかは決まってるの？」

紗和が尋ねると、つばさは首を振った。

「全然。でも、なるべく早くと思ってるんです」

「そうよね。決まる話は早いもの」

紗和は一度足利を見てから、遠くに視線をさまよわせた。二人も出会ってから結婚まで、かなりのスピード婚だった。

「私、結婚したら、それを機に独立しようと思うの」

「自分のお店を持つの？」

つばさははっきりと頷いた。

「今のお店、支店を出す話があって、店長にならないかって打診されたんです。それなら私、自分の店をやりたいと思って」

「しかし、それはまだ早いんじゃないか」

足利は心配そうに目を瞬《しばた》いた。

「パン作りの勉強を始めてから、まだほんの二〜三年だろう。パンのことは分からないが、そんなに簡単に独立出来るものかな」

「私、頑張ったもん」

つばさの語気が強まった。

「同期の中でも、一番長く働いたよ。普通一年かかるところを半年で覚えた。今の店でもフィリング作りとか、ほとんど任されてるの。だから、自分で自分の腕を試してみたい」

「その意気や良しだが、私にはどうも、前のめりになりすぎているように見える」

五十鈴が困ったように口をはさんだ。

「いっぺんには無理よ。まず結婚して、生活を整えて、独立はそれから考えればいいじゃない」

「でも、支店の店長任されたら、辞めるの難しくなっちゃう。私、店長にも奥さんにも良くしてもらったから、迷惑かけたくないの」

足利は納得できない顔のまま、開を見た。

「松原君は、どう思いますか？」

開の顔にも困惑が表れていた。

「正直、僕もパンのことはよく分らなくて。ただ、彼女が独立を望んでいるなら、出来るだけ応援したいと思っています」

一同の会話を漏れ聞いて、二三もつばさの独立は時期尚早であるように思った。足利の言うとおり、パン作りの勉強を始めてまだ日が浅い。

「開店の資金はどうするつもりだね？」

「何とかする。貯金も少しあるし」

足利は呆れて顔をしかめた。

「前の会社の退職金は、調理学校の月謝で使ってしまったんだろう。今の店の給料だって高くはないはずだ。何処《どこ》にそんな金がある？」

足利は五十鈴からつばさへと視線を移した。

「お母さんの貯《たくわ》えを当てにしてるなら、それは考えが違うんじゃないか」

つばさがきつい目で足利を睨《にら》んだ。

「伯父さんに援助してくれとは言ってません」

「そういう問題じゃない」

足利は静かに、しかし毅然《きぜん》として語りかけた。

「私の知ってる料理屋の主人は、みんな自分の稼ぎで店を持った。中には腕に惚《ほ》れこんで資金援助を申し出る人がいて、そのお陰で独立した人もいるが、みんな店を繁盛させて、借りた金は返済している。お前にそれだけの甲斐性《かいしょう》があるかと訊《き》いてるんだ」

つばさはかたくなに押し黙り、目をそらした。隣では開が居心地悪そうに肩をすぼめている。

五十鈴が取りなすように言った。

「兄さん、この子は昔から、言い出したら聞かないの。分ってても、実際に失敗して身に沁みないと、納得できないのよ」

足利はうんざりしたように首を振った。

「それにも限度がある。もう子供じゃないんだ。理性で考えて無謀な挑戦はやめるべきだ。まして、これから伴侶を得て、結婚生活を始めようというときじゃないか。少しは周りのことを考えるべきだ」

つばさは足利をきっと睨みながら顔を上げた。

「伯父さんには私の気持ちが分らない。人生の成功者だから。私はずっと失敗してきたの。今やっと、成功の尻尾《しっぽ》に手が届くところまで来たの。だから、このチャンスを逃したくないのよ」

つばさは口の中で呟いた。

「いや、チャンスの女神には前髪しかない。尻尾なんかないんだ」

二三も一子も皐も、ハラハラしながら成り行きを見守っていた。めでたいはずの席が、何ということになってしまったのだろう。

ああ、このままじゃ、筍ご飯が無駄になるかも……。

二三は頭の隅で、一子が張り切って仕込んだ筍ご飯の行方を案じた。

第五話 ▲ 真実の参鶏湯

足利省吾《あしかがしょうご》夫妻とつばさ母子《おやこ》、恋人の松原開《まつばらかい》とのせっかくの顔合わせの食事会は、すっかり険悪な雰囲気になってしまった。

省吾の妻の紗和《さわ》とつばさの母の五十鈴《いすず》、そして開の三人が当たり障りのない会話を交わすものの、足利が不愉快なのは明らかで、つばさも意固地に押し黙ったままでいるので、気まずい雰囲気は隠しようもない。次第にみんな、お通夜のように黙々と箸《はし》を動かすようになってしまった。

「悪いが、お先に失礼する。仕事が残っていたのを思い出した」

メインの海老《えび》フライを食べ終わると、足利はとってつけたように言って、紗和の顔を見た。

紗和は心得たように頷《うなず》いて、足利が席を立つのに従って、自分も椅子《いす》から立ち上がった。

「どうもごちそうさま。お釣りは結構です」

足利は財布から一万円札を三枚抜いて二三《ふみ》に差し出した。

「いつもお心遣い、ありがとうございます」

二三と皐《さつき》は並んで頭を下げた。

「先生、奥様、どうぞお宅で召し上がって下さい」

カウンターの奥から一子《いちこ》が、紙袋を手に出てきた。中身はパックに詰めた筍《たけのこ》ご飯だ。

「一子さん、ありがとう。いただきます」

足利は屈託のない笑みを浮かべると、優しく言った。

「いつまでも元気でいてくださいよ」

「はい。先生も奥様もご健勝で」

足利は少年時代に父を亡くし、母に女手一つで育てられた。とても美しい女性だったそうで「きっとお祖母《ばあ》ちゃんに似てるのよ」と、担当編集者の要《かなめ》は言った。足利がはじめ食堂を贔屓《ひいき》にしてくれる理由の一つは、もしかしたら一子に亡き母の面影を見たからかもしれない。

「やれやれ」

つばさは大げさにため息をつき、グラスに残っていたスパークリングワインを飲み干した。重苦しい雰囲気に酒も進まず、二本目のサンテロ・ピノ・シャルドネを何杯も飲んだのはつばさだけだ。

「ここの海老フライ、美味《おい》しいよね」

つばさは最後の一本にかじりついた。

「すみません、そろそろご飯いただけますか?」

五十鈴が遠慮がちに声をかけた。

「はい、ただいま」

二三と皐は盆を手に、テーブルの上の空いた皿を片付け始めた。

「お席も戻していただいて結構ですよ。三人になりましたから」

「まだ空《す》いてますから大丈夫ですよ。ごゆっくりなさって下さい」

厨房《ちゅうぼう》に戻ると、一子が出来立ての若竹汁を椀《わん》によそっていた。皐はカブとキュウリの糠《ぬか》漬《づ》けを出して切り、二三は筍ご飯をお茶碗《ちゃわん》に盛った。

「お待たせいたしました」

皐と二三は三人の前に「筍ご飯セット」を並べた。

「ああ、春のご馳走《ちそう》」

五十鈴は若竹汁の椀に手を伸ばした。居心地悪そうに小さくなっていた開もそれに倣った。

三人が箸を置いたタイミングで、皐がほうじ茶を出した。

「あのね」

五十鈴はほうじ茶を啜《すす》ってから言った。

「伯父さんの言ってることは正しいと思うけど、あなたがお店を開きたいんなら、お母さん、協力するから」

つばさは少し悪びれた様子で母親を見返した。

「良いよ、無理しなくても」

「無理するわよ、親子なんだから」

五十鈴はきっぱり言って湯呑《ゆのみ》を置いた。

思いがけない言葉に、つばさも開も少し戸惑ったように五十鈴を見返した。

「あなたが自分のお店に勝負をかけるなら、お母さんもその話に乗るわ」

二三も一子も皐も、手を止めて五十鈴の言葉に耳を傾けた。

「お母さん、伯父さんに援助してもらってたから、お給料もあまり使わないですんだの。貯金、結構貯《た》まってるのよ」

五十鈴は考えをまとめるように、湯呑を手の中でゆっくりと回した。

「もともと、つばさがお嫁に行くときの支度に使うつもりだったの。でも、あなたは開さんと結婚して、お母さんと一緒に暮らしてくれるって言う。それならそのお金、あなたのお店のために使ったっておんなじよね」

「お母さん、そんなこととして、店が失敗したら元も子もなくなっちゃう。せっかく働いて貯めたお金なのに……」

いきなり転がり込んできたうますぎる話に、つばさはかえって怖気《おじけ》づいたようだ。しかし、五十鈴は腹をくくっているのか、自信に満ちた口調で答えた。

「その時はあきらめるわ。お母さん、厚生年金もらってるから、今の家で暮らしてる限り、お小遣いには不自由しないし」

五十鈴が結婚前から会社勤めしていたのか、夫と死別した後就職したのかは知らないが、二十代から定年まで勤続すれば、厚生年金はそれなりの金額が支給されるはずだった。

「お母さんはあなたが焦る気持ち、よく分る。三十近くなって、やっと自分のやりたい仕事に出会って、必死で努力した。そして開さんと出会った。結婚を機に、すべてを新しくして再スタートしたい……。スタートが遅かったからこそ、人より早く前に進みたい。そうよね?」

つばさは黙って頷いた。その瞳《ひとみ》がほんの少し潤んでいた。五十鈴は開に眼《め》を移した。

「開さんはどう思う?」

開は一度つばさを見てから、まっすぐに五十鈴を見返した。

「すみません。僕は理解が足りませんでした。つばささんの気持ちはきっと、今、お母さんが仰《おつしや》った通りなんですね。それなら、僕も全力で彼女を応援します」

そして、もう一度つばさに優しい眼差《まなざ》しを向けた。

「本当は足利先生の仰ることに、一理あるように思いました。でも、それでも前に出たいという彼女の気持ちを、僕はパートナーとして受け止めます」

「ありがとう」

つばさは小さく呟《つぶや》くと、テーブルの下に手を伸ばし、開の手にそっと自分の掌《てのひら》を重ねた。

「そうだ……」

五十鈴は満足そうに二人の様子を見守っていたが、思い出したように口を開いた。

「開さんのご家族にも、ご挨拶《あいさつ》しないといけないわね」

五十鈴は確認するように二人に尋ねた。

「ご都合の良い日を聞いていただけます？」

「はい。日曜なら仕事休みなんで、いつでも大丈夫だと思うんですが」

「開さんのお兄さんの奥さん、ラーメン屋さんをやってるのよね。日曜定休なの？」

つばさの問いに、開は頷いた。

「うん。行列のできるラーメン屋で、スープが無くなり次第閉めるから、十一時の開店で、いつも三時前には閉店だって」

「すごいわねえ」

つばさも五十鈴も驚いた顔になった。

「ラーメン屋って、独特だからね。マニアが多いんだよ」

開はほうじ茶を一口啜った。

「行列してる店って、圧倒的にラーメン屋が多いでしょう。いつの頃《ころ》からそうなったのか知らないけど」

「羨《うらや》ましい」

つばさはため息をついた。

「私も、行列のできるパン屋さんが夢だわ」

ほうじ茶を飲み干した五十鈴が声をかけた。

「じゃ、そろそろ出ましょうか」

「ごちそうさまでした」

開は椅子から腰を浮かせて頭を下げたが、五十鈴は顔の前で手を振り、微笑《ほほえ》んだ。

「私もゴチになった身ですよ。今日はお付き合いくださってありがとうございました」

五十鈴は開に会釈してから、はじめ食堂の三人に「ごちそうさまでした」と声をかけた。

「ありがとうございました！」

二三と一子、皐は声を揃《そろ》えてつばさ母子と開を見送った。

「どうなることかと思ったけど、一応、丸く収まったみたいですね」

空いた食器を片付けながら、皐が言った。

「でも、つばささんのお母さん、勇気ありますね。まだ海のものとも山のものとも分らないお店に、自らの貯金を投入するなんて」

「それは三人が一緒に暮らすっていうのが大きいと思うわ。運命共同体みたいなもんでしょ」

もしつばさが結婚して家を出たら、別所帯になる。そうしたら、いくら仲の良い親子でも財布は別だ。五十鈴の考えも変わってくるだろう。

「それにしても松原さんのお宅は、兄弟そろって料理人と結婚するなんて、どういう巡り合わせなのかしらねえ」

一子は不思議そうに呟いてから、小さく笑みを漏らした。

「いつ頃かなあ……」

辰浪康平《たつなみこうへい》は腕組みをして首をかしげた。いつもは口開けの来店が多いのだが、この夜は八時半近くにふらりと現れた。パートナーの菊川瑠美《きくかわるみ》はおらず、「呑んできたから、シメのご飯だけにして」というリクエストだった。

今康平が首をひねっているのは、一子に「ラーメン屋に行列ができるようになったのはいつ頃から？」と尋ねられたからだ。

「戦後間もない頃は、食べ物屋の前はいつも行列だったけど、落ち着いてきたら見なくなったわ。でも、近頃は人気のラーメン屋の前はいつも行列ができるみたいで……。いつからそうなったのか、不思議でねえ」

一子はそう言いながら、筍ご飯を茶碗によそった。

「最初のラーメンブームは明治四十三（一九一〇）年、浅草來々軒《あさくさらいらいけん》が火付け役ですって。一日に二五〇〇人から三〇〇〇人もお客さんが詰めかけて、ひと月分の売り上げで家が一軒買えたそうですよ」

皐がスマホの検索結果を読み上げた。

「それじゃあ、さぞ行列もできたでしょうね」

二三が言うと、皐がスマホの画面を見ながら答えた。

「町中華に『来々軒』っていう名前が多いのは、みんなあの繁盛ぶりにあやかろうとしたからですって。気持ち、分るわ」

「はい、どうぞ」

二三は筍ご飯、若竹汁、漬物のセットを康平の前に置いた。

「そりゃあ昔から、行列のできる店はあったわ。でも、それは決まった店に限られてたような気がする。それが近頃はあっちこっちで行列してるみたいで。それに昔の店はいわゆる町中華だったけど、今はラーメン専門店が主流でしょ」

一子はカウンターの端の椅子に腰を下ろした。閉店まで三十分ほどなので、お客さんも次々に引き上げて、カウンターは康平だけになった。

「今年、初筍ご飯」

康平はご飯を一口頬張《ほおば》って、嬉《うれ》しそうに目じりを下げた。

はじめ食堂の筍ご飯は、豚のひき肉を少し加えてある。筍だけで煮るより、ずっとコクが出るのだ。

「バブルの頃かなあ」

筍ご飯を三口食べてから、康平は視線を宙にさまよわせて言った。

「『恨ミシュラン』出たの、確か俺《おれ》が中学か高校の頃だから。多分、あの頃から〝行列のできるラーメン屋〟がブームになってたんじゃないかな」

「『恨ミシュラン』、懐かしい！」

二三は思わず声を高くした。

一九九二年から二年間「週刊朝日《あさひ》」に連載された、辛口飲食店批評だ。西原理恵子《さいばらりえこ》のマンガと神足裕司《こうたりゆうじ》のエッセイで綴《つづ》られ、特に西原理恵子の歯に衣《きぬ》着せぬ批判と、内容とは対照的にユーモラスで可愛《かわい》い画《え》が話題となった。

「あれ、本当に面白かったわ。あの頃はインターネットが普及してなかったから、あそこまで書けたのね。今じゃきっと、無理」

当時はまだバブルの名残の空気があって、無駄に贅沢《ぜいたく》な店も少なくなかった。今なら「コスパが悪い」の一言で片付けられてしまうのだろうが、それもあの時代の一部だった。

あの頃を思い出すと懐かしさだけがよみがえる。それは歳《とし》を取ったからだろうと、二三は思う。想《おも》い出が網目の細かい篩《ふるい》にかけられて、不快なものは除外される。もっと若い頃は網の目が大きくて、いやなものも一緒にくっついてきたものだ……。

「そう言えばラーメンちとせ、テナント見つかった？」

康平はついでのように訊《き》いてから若竹汁を啜った。松原千歳《ちとせ》が産休の半年限定で店舗の借り手を探している話は、はじめ食堂のお客はみんな知っている。

「まだだと思うわ。何も聞いてないし」

二三はほうじ茶を淹《い》れながら答えた。

「難しいよな。半年限定のアンテナショップとかオープンするなら、繁華街じゃないと意味ないし」

「串田《くしだ》さん、千歳さんは、そのまま店を使ってくれれば、どんな店かは問わないって言ってるんだけどね」

二三は康平にほうじ茶を出した。

「千歳さん、おめでたを手放しでは喜べないみたいです。せっかく軌道に乗った店を半年離れることになって……。団《だん》さん、心配してました」

皐はわずかに眉《まゆ》をひそめた。

「心配することないと思うけどなあ。あれだけの人気店だもん。半年くらい休んだって、お客さんは戻って来るよ」

「私たちもそう思うけど、千歳さん本人は危機感があるんですって。良く知らないけど、ラーメン業界って栄枯盛衰が激しいんでしょ」

二三は難しい顔で腕組みをした。

「それは言えるな。ラーメン本が次々出るのは、それだけ新しい店がオープンしてるってことだし」

康平はほうじ茶を飲み干して湯呑を置いた。

「ご馳走さんでした」

カウンターに勘定を置き、椅子から立ち上がった。

「でもさあ、心配したってしょうがないと思うよ。結局、なるようにしかならないんだから」

「康ちゃん、良いこと言うわね」

一子はにっこり微笑みかけた。

「あたしもそう思うの。結局なるようにしかならないって。休んでいるうちにしっかり準備して、もう一度店をオープンしたら全力で働く……。それでだめだったら、やり直せばいいんだから」

二三もまったく同感だった。

「お姑《かあ》さんの言うとおりだわ。それに千歳さんには団さんがついてるんだもの。いくらでもやり直しが出来るわよ」

団のみならず、団の両親も千歳には理解があって協力的だ。こんな応援団がいるのだから、千歳は悩む必要などない。大船に乗った気でいれば良いのだ。

「明日、団さんが配達に来たら言っとくわ」

二三は景気よくレジを打ち、勘定を納めた。

「あら、スンドゥブなんてある」

ご常連のワカイのOLが黒板のメニューに目を留めた。本日の日替わり定食の一品は、今や日本にもすっかり定着した豆腐とあさりのピリ辛チゲだ。

「さっちゃん、辛さどのくらい？」

「調節しますよ。小辛、中辛、激辛」

「じゃ、中辛ね。ニンニク控えめで」

「私もスンドゥブにする。同じく中辛でニンニク控えめ」

四人グループで一緒に来店した他の二人はちょっと迷った末、日替わり定食の別の一品と煮魚定食を選んだ。

「スンドゥブ二つ、中辛でニンニク控えめ、オムレツと煮魚一つ。小鉢四つ出ます！」

皐は良く通る声で厨房に注文を告げた。

「スンドゥブ、やはり女性に受けますね」

カウンターで定食のセットを揃えながら言うと、厨房の二三も手を動かしながら答えた。

「豆腐とあさりと卵で、ヘルシーだからよ」

豚肉も入れるが、出汁《だし》程度でメインの食材ではない。そして熱々の鍋《なべ》だから冬の食べ物と思いきや、韓国では夏に食べて暑気を払う料理だという。

別のテーブルではスンドゥブを注文した男性客が、具材を食べてからご飯を小鍋に投入した。

「最後はこれでクッパ風」

嬉しそうに言って、スプーンで雑炊を口に運んだ。

「本場でもシメは雑炊ですか？」

向かいに座った部下らしい青年が尋ねると、男性はスープを啜って答えた。

「色々。餅《もち》、うどん、ラーメンもあった。素麺《そうめん》もいけるんじゃないかな」

スンドゥブを食べる人はみな、うっすらと汗を浮かべていた。

今日のはじめ食堂のランチ定食は、日替わりがスンドゥブと中華風オムレツ、焼き魚が鯖《さば》のみりん干し、煮魚が赤魚。

ワンコインはそぼろうどん。麺《めん》つゆで煮た鶏《とり》そぼろと小松菜を餡《あん》かけにして、茹《ゆ》でたうどんにかける簡単料理だが、そぼろが美味しくて何杯でも食べられる。

小鉢はカブの粒マスタード和《あ》え、五十円プラスで新ゴボウと鶏肉の煮物。マスタード和えにはカブの葉のみじん切りも入れてあるので、白と緑で春に相応《ふさわ》しい小鉢になった。味噌汁《みそしる》は豆腐ときぬさや、漬物はキャベツの糠漬け。ぬか床は一子が結婚以来使っているヴィンテージものだ。

これにドレッシング三種類かけ放題のサラダが付き、ご飯と味噌汁お代わり自由で一人前七百円は、今の時代奇跡に近い。自宅兼店舗で家賃がかからないとはいえ、春夏秋冬、季節感のある食材と手作りにこだわってこの値段は、二三と一子、皐の三人の努力とサービス精神なくしてあり得ない。

「カブって洋風も美味しいのね」

マスタード和えをポリポリと噛《か》んで、野田梓《のだあずさ》が言った。マヨネーズと粒マスタードで和えたカブは、漬物とは別の顔になる。今日選んだ定食は、大好物の赤魚の煮つけだ。

「マリネやポトフに使うわよ」

二三は答えて、ふと思いついた。

「そうだ、秋になったらクリーム煮やろうかしら。フランクフルト入れとけば、充分おかずになるし」

「カブのクリーム煮は美味しいよねえ。僕はベーコンも好きだけど」

三原茂之《みはらしげゆき》はそう言って、ハンカチで額の汗をぬぐった。スンドゥブを食べているので、どうしてもうっすらと汗が浮かぶ。

一時半を回ってお客さんの波が引き、店のお客は梓と三原の二人だけになった。

「ふみちゃん、今度は参鶏湯《サムゲタン》でも出す？」

「夜のメニューで前に出したことあるのよ。丸鶏じゃなくて手羽元使って、韓国風小鍋立てのイメージで」

「時間はかかるけど、味は良かったね」

一子が言うと、皐が身を乗り出した。

「ランチでも出しませんか？　あらかじめ煮ておいて、注文入ったら小鍋に移して温めれば、手間もかからないし」

皐は早くもランチ参鶏湯のイメージを思い浮かべた。

「韓国料理のランチでも参鶏湯は人気ありますよ。スンドゥブがこれだけ受けたんだから、参鶏湯、間違いないですよ」

「そうねえ。手羽元なら値段も安いし」

二三は一子を振り向いた。

「どう思う、お姑さん？」

「あたしがふみちゃんの提案に反対したことあった？」

「そうだよね」

二三と一子は共犯者のように頷き合った。

「というわけでさ、明後日《あさって》の昼と夜、参鶏湯やるから楽しみにね」

二三の念押しに、赤目《あかめ》万里《ばんり》は半ばあきれ顔で答えた。

「おばちゃんとこ、ホント話、速いよね」

「そんなの、万里君が一番よく知ってるじゃない」

「……だった。しばらく離れてたから、忘れてた」

今は午後二時を回ったところで、店を閉めて賄いタイムに入っている。万里はかつてニートのフリーターだった頃、怪我《けが》をした一子のピンチヒッターとしてはじめ食堂で働くようになった。居酒屋のバイト経験が役に立ち、たちまち食堂の仕事に順応し、やがては二三と一子をリードする「若頭」として腕を振るうまでになった。二年前、名割烹《かっぽう》「八雲《やくも》」の料理に惚《ほ》れこんで弟子入りを志願し、今も主人の下で修業を続けている。

そして今は主人に同行して朝の仕入れにも行くようになり、はじめ食堂でみんなと賄いご飯を食べるのは、定休日の水曜だけになってしまった。

「八雲さんじゃ、手羽元は使わないわよね」

二三の問いに、万里は首をひねった。

「どうかな。親方、食材の質は吟味《ぎんみ》するけど、タブーは作らない主義だから、料理法次第で手羽元も使うと思う」

万里は中華風オムレツをスプーンで口に運んだ。ネギと小エビを炒《いた》めて卵で包み、生姜《しょうが》風味の餡掛けにしたオムレツは、はじめ食堂のメニューの定番の一つだ。

「そうそう、○○さんの話したっけ？」

万里は食通で有名なタレントの名を挙げた。

「聞いてない」
二三、一子、皐は同時に首を振った。
「初めてなんだけど、この前六人で予約入れてくれて……」

八雲はカウンター六席、四人掛けテーブル一卓の店だ。流行病《はやりやまい》以来、テーブル席が埋まるとその日は貸し切りにしている。

「すっぽんコースの注文だった。ほら、親方はすっぽんは鍋じゃなくて焼きにするでしょう」

すると食通として知られたタレントは言った。

「さすが八雲だ。すっぽんの調理法は、一焼き、二蒸し、三鍋と言われてる。普通の料理屋は鍋ばかりで、焼きすっぽんにお目にかかるのは珍しい」

感心して頷き合う連れの人々に、タレントは得意気に説明を続けた。

「つまり、旨味《うまみ》が濃厚な順番になる。鍋にすると、旨味がスープに出てしまうんだ。蒸すのは湯煎《ゆせん》だから、焼くより旨味の流出が多くなる」

万里はにやりと笑ってみせた。

「おばちゃんたちがあの連中より先に親方の真価を知ってたって思うと、何となく胸がスッとしたよ」

「八雲さんのすっぽん、思い出すねえ」

一子がうっとりと目を細めた。

「お姑さん、今年の忘年会、みんなで八雲さんですっぽん食べよう」

「いいねえ」

一子は皐を見た。

「さっちゃん、すっぽんは大丈夫だったよね？」

「はい！　でも、良いんですか？」

「当り前よ。はじめ食堂は三位一体なんだから」

いささか陳腐な例えだが、一子の気持ちは尽くされていた。

「ところで、ラーメン屋さんの借り手、見つかった？」

万里はスンドゥブに茶碗のご飯をあけながら尋ねた。

「まだみたい。条件が難しいから」

皐が赤魚の身から骨を外しながら答えた。

「あと二～三年先だったら、俺が借りても良かったんだけど」

「万里君が？」

三人が驚いて声を揃えたので、万里は少し恥ずかしそうな顔になった。

「うん。親方の下を離れて独り立ちすることになった時、まずは半年間、あそこで試運転してみるのも良いかなって。最初から金かけて店開いて、失敗したら大事《おおごと》だし」

万里がすでに独立を視野に入れていることに、二三は言いようのない感慨を覚えた。一方、試運転という発想に興味をそそられた。

「万里君みたいなやり方するお店って、多いの？」

「どうかな。店開いて半年経《た》ったら別の場所でオープンっていうのはないかもしれない。ただ、プレオープンやる店は多いよ」

「なんだい、それは？」

一子にはまるでチンプンカンプンだったが、二三には馴染《なじ》みのある言葉だった。

「本格的に店をオープンする前に、関係者を呼んで試験的に店を営業するんだよ。予行演習みたいなもんかな。一度経験すれば接客のタイミングとか、厨房の機器の調子とか、分るでしょ。いきなり本番で失敗したら、お客さん失うからさ」

「バブルの頃、レストランのプレオープンに招待されたことあるわ。ご飯代は払わなくていいんだけど、お祝いに花贈ったりしたから、結局トントンだったわね」

その頃二三は大東《だいとう》デパートのやり手婦人衣料品バイヤーだった。死ぬほど忙しかったけれど、貴重な思い出が沢山ある。

「その予行演習は何度もやるの？」

一子はまだ腑《ふ》に落ちない顔で訊いた。

「ううん、たいてい一回。オープンの前日か前々日に」

「それじゃあ万里君の計画は、とても遠大なんだね」

「長〜い長〜いプレオープンってとこかな」

万里はそう言ってから、少し残念そうに眉をひそめた。

「ま、いざとなったらそんな悠長なことは言ってられないよね。テナント探してすぐオープンしないと」

「もしかしたら千歳さん、その頃二人目の赤ちゃんが出来てるかもしれないわよ」

万里は呆《あき》れかえって両手で×マークを出した。

「おばちゃん、捕らぬ狸《たぬき》の皮算用」

食堂には小さな笑いの輪が生まれたが、二三の頭の中にはもう一つ、新しいアイデアが生まれつつあった。

金曜の朝、野菜を配達に来た松原団が二三に言った。

「今夜、六時から四人で予約できますか？」

「はい、大丈夫です」

はじめ食堂は予約して来るような店ではないから、二三は即答した。

「どういうメンバー？」

「僕たち夫婦と弟とフィアンセです」

「はい、お待ちしてます」

四人とも若くて食欲旺盛《おうせい》なので、二三は訊いてみた。

「今日、参鶏湯があるんですよ。小鍋立てで」

「へえ、良いですね。大好きです」

「うちは本格的な丸鶏じゃなくて、手羽元で作るんだけど」

「手羽元好きです。魚も動物も、骨のそばの肉は美味《うま》いですよね」

団は注文書を書き終え、前掛けにしまった。

「じゃ、夕方また伺います」

「お待ちしてます」

団が出て行くと、二三は皐と手分けして野菜を片付けた。

「スンドゥブが出たと思ったら、今日は参鶏湯。最近、韓国ブームなの？」

「本日のテイクアウトもキンパだし」

皐の背後に並んだワカイのＯＬが訊いた。

「はい。何となく、流れで」

質問に答えながら、皐は手早く空いたテーブルを片付け、後ろを振り返った。

「お待たせしました。どうぞ、こちらへ」

四人で来店したワカイのＯＬは、並んでいる間にメニューを決めていて、席に着くと淀みなく注文を口にした。

「参鶏湯三つと肉野菜炒め一つ。みんな小鉢プラスで」

「はい、ありがとうございます！」

皐は厨房に向かって注文を復唱し、空いた食器を盆に載せ、カウンターに引き返した。

今日のはじめ食堂の日替わり定食は、参鶏湯と肉野菜炒め。焼き魚は鮭《さけ》の西京《さいきよう》味噌漬け、煮魚はカジキマグロ。ワンコインは牛丼《ぎゆうどん》。小鉢はフキの煮物、五十円プラスで卵豆腐。味噌汁は豆腐とワケギ。漬物はカブの糠漬け（葉付き）。

参鶏湯は鶏手羽元と長ネギ、もち米をじっくり一時間煮込んであるので、肉は口の中に入れるとホロホロとほどけ、スープには良い具合にとろみがついている。ニンニクは控えめで生姜はたっぷり。顆粒《かりゆう》の鶏ガラスープも加えて、味を強くした。

手羽元は安く手に入ったので、一人四本入れてある。ご飯のおかずとしても、豚汁《とんじる》並みの満足感があるはずだ。

「手羽元、良いね。食べやすくて旨味がある」

ご常連のサラリーマンが、骨をしゃぶりながら言った。

「ありがとうございます。使いやすいし、うちも助かるんです」

皐はそう答え、相席のお客の前に焼き魚定食の盆を置いた。

「さっちゃん、寒くなってからも参鶏湯、やるんでしょ」

「はい。お客様の反応次第で」

「また冬にやってよ。俺、寒がりなんだ」

「はい、畏《かしこ》まりました」

皐はにっこり微笑み、厨房の二三とアイコンタクトを交わした。予想通り、参鶏湯は若い人に受けが良かった。ランチの新メニューを出すと、注文してくれるのは女性の方が多い。

フィリップ・トルシエ監督の通訳を務めたフローラン・ダバディ氏によれば「日本女性は世界で一番、食に対する冒険心が旺盛」だそうで、未知の料理、食べたことのない料理を勧められると、たいてい挑戦するという。他の国では食に対してもっと保守的だそうだ。

「夏になったら、タイ料理やるの？」

別の女性客が皐に声をかけた。

「前にランチで出したでしょ。ガパオ、カオマンガイ、パッタイ、ヤムウンセン。今年の夏も酷暑になりそうだから、食べたいな」

簡単に言うとガパオは鶏のバジル炒め、カオマンガイは鶏の炊き込みご飯、パッタイは焼きそば、ヤムウンセンは春雨サラダで、今やタイ料理店でなくとも、コンビニで手に入るほど普及している。

「やりたいですねえ。去年は九月になっても猛暑だったから、今年も暑いですよ、きっと」

「でしょ。暑い時は暑い国の食べ物を食べるのが正解よ」

「そうですよねえ」

皐は大きく頷いて、別のテーブルへ定食を運んで行った。

近頃は皐もすっかりはじめ食堂に溶け込んで、お客さんとの会話のキャッチボールも弾《ま》んでいる。

その様子を見ると二三は嬉しくなる。人は美味しいものを食べると機嫌が良くなり、不味《ず》いものを食べると不機嫌になる。お客さんの口が軽くなるか、重くなるかは一つのバロメーターで、お客さんがお通夜のようにむっつり押し黙り、そそくさと帰ってしまう店は、美味しい料理を出していないに決まっている。

その点、はじめ食堂は合格だわ。

二三は心の中で独《ひと》り言《ご》ち、何気なく一子を振り向いた。一子は参鶏湯を小鍋に移す手を止めて、二三の目を見返した。その眼に浮かぶ満足そうな色を見て、二三は一子も同じことを感じていたのを知った。すると、なぜか自信が湧《わ》いてきた。

まだまだ行けるね、私たち！

「こんばんは」

六時少し前に、団と千歳、開とつばさの男女四名が入ってきた。はじめ食堂のご常連より年齢が低いので、古い店がいきなり若返ったように見える。

四人はテーブル席に着くと、飲み物のメニューを手に取った。

「僕、小生。風呂《ふろ》上がりなんで」

店を閉めてから、二人揃って日《ひ》の出湯《でゆ》でひと風呂浴びてきたらしい。しかし千歳は妊娠中なのでウーロン茶を選んだ。

「僕も小生にする。つばさは？」

「同じく」

飲み物が決まると、料理のメニューに額を寄せた。

「迷っちゃうな。色々あって」

皐がおしぼりとお通しの卵豆腐をテーブルに並べながら言った。

「日向夏《ひゅうがなつ》とホタルイカと白魚は今月で終わりなんです。それと、今日も団さん自慢の野菜を仕入れているので、よろしかったらそちらの食材で何か選んでみてください」

四人はもう一度メニューに目を凝らしたが、団が一番最初に顔を上げ、品書きを指で示した。

「え〜と、日向夏とホタルイカとルッコラの柚子胡椒《ゆずこしょう》サラダ、白魚の卵とじ、筍とアスパラのオイスターソース炒め。これで季節の名残は全部クリアしたよね？」

「はい、大丈夫です」

団は開とつばさの方にメニューを押しやった。

「あとは二人で好きなもの選んで。あ、今日は参鶏湯があるんで、それは食べたいんだけど」

開もつばさもキラリと目を輝かせた。

「賛成。参鶏湯、絶対」

「参鶏湯は、シメに何か入れるのかしら？」

つばさが誰にともなく問いかけると、皐が答えた。

「基本的にはスープにご飯を浸して食べるみたいです。ラーメンを入れて白湯《パイタン》ラーメンにするレシピもありました」

すると、つばさが気遣うように言った。

「千歳さんは、ラーメンはパスよね。仕事で作ってるんだし」

「私、ご飯でもラーメンでもどっちでも大丈夫」

「好きが高じてラーメン屋になったんだもんね」

団がからかうように言うと、千歳は素直に頷いた。

「参鶏湯って、確かもち米入ってますよね？」

尋ねたのは開だ。

「はい。スープはとろみがついて、ポタージュみたいになってます」

「それじゃ、ご飯の方が良いよね」

確認を取るように三人の顔を見回すと、皆しっかりと頷いた。

「シメは雑炊でお願いします。後はまた、注文しますので」

皐がテーブルを離れると、四人はまず生ビールとウーロン茶で乾杯した。挨拶の言葉は
「この度はおめでとうございます」だった。

ビールで喉《のど》を潤してから、流れを引き継いでつばさが尋ねた。

「それで、予定日はいつ頃なんですか？」

「十一月一日らしいです」

「一一一、ぞろ目で良いですね」

開が愉快そうに言うと、団が口をはさんだ。

「十一月十一日でも良かったんだけどね」

「多少前後する場合もあるから、まだ分らないのよ」

そこへ柚子胡椒サラダが運ばれてきた。日向夏の黄色、ホタルイカの茶色、そしてルッコラの緑が目に鮮やかだ。そら豆とアボカドとミニトマト、緑と赤の色どりが美しい。柚子胡椒はすっかり食卓に定着して、ドレッシングは何種類も市販されているし、柚子胡椒マヨネーズも登場した。

四人はサラダを小皿に取り分けて話を続けた。

「仕事はいつまで続ける予定ですか？」

つばさが尋ねた。働く女性として、他人事《ひとごと》ではないのだろう。

「今のところ、臨月まで働こうと思ってるんです。だから九月いっぱいまで」

「大丈夫ですか？　ラーメン作りは重労働でしょう」

「臨月まで働いた人は仲間にもいるので、大丈夫だと思います。でも、もし負担が大きいようなら、早めに休むつもりです。無理しないって約束してるし」

千歳は言葉を切って、隣の団をちらりと見た。団も千歳を見返して小さく頷いた。

「お待たせしました。白魚の卵とじです」

皐が湯気の立つ小鍋をテーブルに置いた。

「スパークリングワイン、飲みません？　この前、すごく気に入っちゃって」

つばさが開と団の顔を交互に見た。

「良いですね。さっちゃん、ボトルでください。グラス三つ」

団が即座に応じると、開もメニューを手に言った。

「追加でタラの芽の天ぷらと、グリーンピースと海老の中華炒め下さい」

「はい、畏まりました。スパークリングワインはこの前の、サンテロ・ピノ・シャルドネでよろしいですか？」

「ええ、それで」

白魚の卵とじは、白魚を薄めた麺つゆとみりんで煮て、火が通って白くなったら溶き卵を回しかけ、三つ葉を散らして蓋《ふた》をし、火を止めて蒸らす。少し甘めの味付けで、酒にもご飯にも合う。

「こんばんは」

入ってきたのは康平と瑠美のカップルだ。二人は並んでカウンターに腰を下ろした。

「今日は参鶏湯があるって、康平さんから聞いてきたの」

康平がアルコール類を届けに来た時、今日の目玉を訊かれて二三は参鶏湯と答えた。

「俺、小生」

「私はグラスのスパークリングワインにするわ」

そう言って康平の方を見た。

「新刊の作業、今日終わったの。予想以上のスピードで校了」

「ええと『めしのせ食堂』だっけ？」

瑠美はにっこり笑って頷いた。

「何ですか、それ？」

二三は厨房からほんの少し首を伸ばした。

「日本全国の、ご飯に合うお取り寄せ食品を集めた本。それだけなら珍しくないんで、私がその食品を使った簡単なアレンジ料理のレシピを考えたわけ」

「どのくらいお作りになったんですか？」

「百ちょっとかな」

「それはまた、大変ですねえ」

「でも、面白かったわ。完成品を使って新しいレシピを考えるって、なんて言うか、普通に走るんじゃなくて、ハードルを越える感じで」

瑠美の表情は生き生きしていた。

やはりこの人は仕事が好きなのだと、二三は改めて思った。きっと康平もそれを感じているだろう。

「乾杯！」

グラスを合わせる二人の声も、普段より少し弾んでいた。

そうしているうちに、次々とお客さんが入ってきて、テーブルは満席になった。二三も一子も皐も、料理とお客さんの応対で忙しさが増した。

団たち四人は順調に注文した料理を食べ進み、今はメインの参鶏湯を前にしている。二人分を大きめの鍋で煮て出したので、小鍋とは迫力が違った。

「あら、ナツメが入ってる」

千歳が目を丸くした。

「夜だけ、エキゾチックにしてみました」

テーブルの横を通りかかった皐が答えた。

昼の小鍋には入れていないが、夜は隠し味にナツメを三粒入れた。日本料理にはあまり使われない食材なので、たちまち異国の風味が加わる。

四人が額にうっすらと汗を浮かべてシメの雑炊を食べ終えた頃、他のお客さんの注文も一段落して、二三は手が空いた。カウンターから客席に出て、四人のテーブルの脇《わき》に立った。

「いかがでした？」

四人とも美味しいものを食べ終わった人に共通の、幸せそうな表情を浮かべていた。

「ごちそうさま！　もう大満足」

「美味しかったです。いつもですけど」

「特に参鶏湯、美味しかった」

「ナツメって、不思議な風味ですね。ビックリしました」

口々に賛辞を述べてくれた。お世辞でないことは、顔を見ればわかる。二三は丁寧に礼を言ってから、肝心な話を切り出した。

「実は、千歳さんとつばささんにご提案があります」

千歳とつばさは訝《いぶか》るように二三を見上げた。

「その前につばささんに伺いたいのですが、新しく始めるサンドイッチのお店は、どういう営業形態にしようと思っていらっしゃいますか？」

「最初は一人でやるので、パンは余所《よそ》の店から仕入れようと思っています。その上で、フィリングを自分なりに工夫して……。あと、出来ればイートインコーナーを設けて、そこで食べるお客さんには、注文が入ってから作ってお出しできたらと」

「分りました」

二三は大きく息を吸い込んで、逸《はや》る気持ちを落ち着かせた。

「どうでしょう、千歳さんが休業している間、店を借りてその形式を試してみるというのは？」

つばさも千歳も予想だにしていなかったようで、まず二三を見て、次に互いの顔を見て、最後にもう一度二三に目を戻した。

「千歳さんの店なら、つばささんの希望する形で、そのまま使えると思うんです。カウンターでイートインが出来ます。パンは余所の店から仕入れるので、火気もほとんど使わずに済みます。つまり、火事の心配もありません」

つばさも千歳も真剣な顔で黙り込んだ。頭の中では二三に投げ入れられた小石が、大きく波紋を広げているところだろう。それをどういう形でまとめるのか。

「半年の期間限定というのが、多分つばささんにはネックになっていると思います。でも考えようによっては、半年間の試運転によって、本格的に自分の店を開く時の構想がキチンと立てられるんじゃないでしょうか」

「アンテナショップにもなるわね」

声の主はカウンターの菊川瑠美だった。テーブルの四人も二三も、一斉に瑠美の方を振り向いた。瑠美は半身に構え、テーブルの方を向いていた。

「ごめんなさい。二三さんのお話聞いてて、ふとそう思ったの」

みんな瑠美が売れっ子の料理研究家だと知っているから、その意見には真剣に耳を傾けた。

「半年あれば、色々分ると思うの。何が売れて何が売れないかだけじゃなくて、こういう層のお客さんは何を好むとか、イートインの人とテイクアウトの人の好みの違いとか。自己資金をつぎ込んでいきなりお店を開くより、慣らし運転をしてから本番のレースに臨んだ方が、失敗がないと思いますよ」

それから申し訳なさそうに小さく頭を下げた。

「勝手なことを言ってすみません。でも、すべてはご本人のお気持ち次第ですから、よく考えて、納得のいく答えを出してくださいね」

瑠美は前を向いて座り直し、テーブルに背を向けた。

千歳とつばさは二三に視線を戻した。

「あのう、私はありがたいお話だと思います」

先に口を開いたのは千歳だった。

「もし、つばささんにそういうお気持ちがあれば、私は喜んで店を使っていただきたいです。家賃は結構です。空き店舗は内装も劣化します。ただでメンテナンスに来ていただいてると考えれば、安いもんです」

「いえ、そんなわけには……」

つばさの表情には逡巡《しゅんじゅん》が表れていた。この話に乗りたいと思っている半面、躊躇《ちゅうちょ》もある。躊躇の主な理由は、半年で店を離れ、別の店に移転しなくてはならないからだろう。佃《つくだ》から離れた場所で開店すれば、半年間でつかんだお客さんも手放すことになる。

「あのう、私がこの話をつばささんにご提案したのは、足利省吾先生のご理解を得られるんじゃないかと思ったからなんです」

伯父の名前を出されて、つばさは一瞬眉を吊《つ》り上げた。

「足利先生は、先生の目から見れば経験不足なつばささんが、独立して店を構えて果たしてうまくやっていけるものか、それを心配していらっしゃいました。でも、完全に独立する前に、試験運転の期間があるのなら、先生も納得なさるんじゃないでしょうか」

つばさはまたしても心が揺れたのか、答を探すように視線をさまよわせた。

「この件をお母様と先生に、キチンと話してみたら如何《いかが》でしょう。お二人の意見もお聞きになった上で、もう一度考えてごらんになったら……」

つばさは視線を一点に集中し、ごくんと唾《つば》を飲み込んだ。

「二三さん、私、千歳さんの店を借りようと思います。仮店舗で半年間営業して、自分に一番合うやり方を見つけます」

つばさは意固地さを感じさせない、真摯《しんし》な口調で先を続けた。

「母と伯父にはキチンと報告します。母は絶対賛成してくれると思います。伯父はもしかしたら反対するかもしれません。でも、反対されても、私の気持ちは変わりません。今の私に一番相応しいやり方が、やっと見つかったんです。それを大事にします」

話し終わったときには、霧が晴れたように屈託が消え、晴れ晴れとした表情になっていた。つばさは千歳に向かい合った。

「千歳さん、家賃は折半ということでお願いできますか？」

「はい、もちろんです」

「ありがとうございます。助かります」

つばさは開と、千歳は団と目を見交わし、笑顔になった。

「まずは、お話がまとまっておめでとうございます。お母様と足利先生も賛成してくださると良いですね」

二三は優しく言って、厨房に引っ込んだ。

団と千歳、開とつばさは食後のほうじ茶を飲み干し、勘定を払って帰って行った。空いたテーブルはすぐに新しくやってきたお客で埋まり、四人の幸せなムードの余韻も霧散した。

その夜もはじめ食堂は訪れるお客さんで満席となり、次々と入る注文をさばきながら、二三も一子も皐も忙しく立ち働いたのだった。

ゴールデンウィークが明け、暦が五月に変わった最初の営業日の夜だった。

「こんばんは」

八時半を回った時刻に、店に足利省吾が入ってきた。

「いらっしゃいませ」

足利が一人ではじめ食堂に来るのは初めてだった。普段は編集者が一緒か、紗和と結婚してからは夫婦で来ることが多かった。

「九時閉店だったね。長居はしないから、大丈夫だよ」

足利はそう言ってカウンターの端に腰を下ろした。

カウンターには山手《やまて》政夫《まさお》と桃田《ももた》はな、そして訪問医の山下智《やましたさとる》が座っていた。はなが山下を引っ張ってきたところに山手が居合わせて、三人で話に花を咲かせていたのだ。

「お飲み物は？」

足利は飲み物のメニューに目を落とし、石鎚《いしづち》を指さした。

「冷《ひ》やで一合」

「おつまみは何をさし上げましょう？」

「実は食事は済ませてきたんだ。なにか軽いもので」

「トリ貝とウドのぬたは如何ですか？　石鎚は貝と相性が良いんです」

「じゃあ、お願いします」

足利はメニューを置き、おしぼりで手を拭《ふ》いた。

隣ではながいつもの調子でにぎやかにしゃべっている。

「原宿なんて、空き店舗すごいのよ。ほら、ブティックが多いでしょ。でも、流行病以来、ブティックっていう営業形態がオワコンになってきたのよ」

山手にははなの話は半分も理解できなかったが、声の調子と身振りと表情が可愛いので、楽しく聞いている。

「ネット通販が主流になったわけ？」

山下が訊くと、はなは得意そうにうなずいた。

「うん。店はサンプルを確認する場なのよ。だからでかいスペースもおしゃれなインテリアもいらなくなったってわけ」

そして、自信たっぷりに目を輝かせた。

「それで、ブランド立ち上げるなら今しかないって思った。ネットの時代なら、弱小ブランドでも、のし上がるチャンスがあるもん」

足利は聞くともなくはなの話を聞いて、小さく笑みを漏らした。若さゆえの怖いもの知らずの自信が羨ましかった。自分にもかつてそんな時代があったのを想い出すと、寂しい気持ちになった。

「お待たせしました」

石鎚のデカンタとグラスをカウンターに置くと、足利は手酌で酒を注《つ》ぎ、グラスを手にした。

お通しのフキの煮物を肴《さかな》に、なめるようにゆっくりと石鎚を飲んでいるうちに、一子がトリ貝とウドのぬたを仕上げた。酢味噌は甘さ控えめで辛子《からし》を強めにした大人の味だ。魚介と和えるときはこの方が合うと、一子も二三も思っている。

「ああ、良い味だ。女の人はどうも甘いぬたが好きらしいが、酒にはこっちの方がしっくりくる」

　足利はぬたを口に入れて目を細めた。

「おほめに与《あずか》ってありがとう存じます」

　一子は素直に喜んで、笑顔になった。

「昨日の昼、つばさが訪ねてきましてね」

　足利が急に話を変えた。

「二三さんのご提案の話を聞きました」

「それは、どうも」

　足利が賛成か反対か分からず、二三は曖昧《あいまい》に言葉を濁した。

「本当に、お世話になりました。私からもお礼を申し上げます」

　深々と頭を下げるのを見て、二三は慌てて手を振った。

「先生、どうぞ、おやめください。先生がご不快に思われたらどうしようって、気が気じゃなかったんですよ」

　足利が二三の提案に賛成してくれたと知って、やっと安堵《あんど》した。

「お宅には、いつもお世話になります」

　頭を上げた足利に、一子がやんわりと尋ねた。

「先生はつばささんが半年だけ、試しに店を開くことには、同意なさったんですね」

「はい。まさかそういう方法があるとは思わなくて……」

足利は石鎚のグラスを干して、先を続けた。

「そういう段階を踏むことが、どれだけつばさの勉強になるか分りません。よく思いついてくださいました」

足利は言葉を切って目を瞬《しばた》いた。

「うちに来た時、手作りのサンドイッチを土産に持ってきました。身びいきもあるでしょうが、なかなかのもんだと思いました」

「そうですか。私たちは団さんと千歳さんの結婚式で、一度ご馳走になりました。とても美味しかったです」

足利は小さくため息を漏らした。

「半年過ぎてつばさが自分の店を持つ時が来たら、私は開店資金を援助してやろうと思います」

「先生のお考えを知ったら、つばささんもお母様もきっと喜びます」

「いろいろ考えたんですが、これが一番良いような気がして」

一度言葉を切ってから、足利は再び口を開いた。

「私たち夫婦には子供がいません。血縁と言えるのは妹とつばさだけです。いずれ遺産や著作権はつばさに渡るでしょう。それならあの子が一番資金を必要とするときに、援助してやるのが良いだろうと。家内とも話し合って、そういう結論になりました」

話し終えて、足利は短く苦笑を漏らした。

「甘やかしていると批判されるかもしれませんが」

「そんなことありません」

二三は大きく首を振った。

「身内が肩入れしてくれるって、本人はどれだけ心強いか分りません。お金もですが、愛情と信頼のたまものですもの」

世の中には親兄弟と絶縁状態の人もいれば、誰も信じられない人だっている。身内に肩入れできる人物がいるというのは、今の時代、むしろ恵まれているのではないだろうか。それも、自分より若い世代に。

はなは山下と山手に向かってグラスを掲げ、スパークリングワインを飲み干した。

「はなちゃん、飲みすぎないようにね」

「大丈夫、先生がいるから酔っぱらっても安心。ね？」

山下ははなに言いたい放題言われて、嬉しそうに微笑んでいる。もしかして、山下の前で腹蔵なく本音を言い放つのは、はなだけなのかもしれない。

二三は急に万里のことを思い出した。この前の話では、すでに独立を視野に入れている。

あとは時期の問題だけだ……。

みんな一人前になって、巣立っていくのか。

万里も、はなも、つばさも。若い世代の修業時代が終わろうとしている。

二三は自然と一子を振り向いた。

一子は黙って壁のカレンダーを目で示した。五月の文字と新緑の写真が目に入った。

ああ、そうだ。若い芽が吹いて葉をつける季節だ。旅立ちにこれほどふさわしい季節はない。一年で一番過ごしやすい季節だもの。

「お姑さん、五月は良いね」

「そうね。あたしは五月が一年で一番好きよ」

二三と一子ははじめ食堂の壁の向こうに、走ってゆく若者たちの背中を思い描いた。彼らが無事にゴールにたどり着けるようにと、祈るような気持ちを抱きながら。

食堂のおばちゃんの簡単レシピ集

皆さま、『おむすび縁結び　食堂のおばちゃん15』を読んでくださってありがとうございます。楽しんでいただけたなら幸いです。

このシリーズもいよいよ十五巻となりました。ここまで作品を書き続けられたのも、ひとえに皆さまのおかげです。心から感謝申し上げます。

さて、今回も作品に登場する料理のレシピを記しました。美味《おい》しくて簡単で懐に優しい料理を心がける姿勢は、初回からずっと変わっていません。皆さま、どうぞ安心してチャレンジしてください。

①塩むすび

〈材　料〉２人分

米１合　塩適量

〈作り方〉

●米を研《と》いで適量の水を加え、炊く。

●炊き上がったらお茶碗《ちゃわん》にラップを敷《し》き、ご飯をよそい、ラップに包んだ状態で握る。

●ラップを取り、手に塩をつけ、おむすびにまぶす。

〈ワンポイントアドバイス〉

☆電子ジャーならすぐ炊いてＯＫですが、ガス釜《がま》で炊く場合、研いで水加減をしてから30分置いた後に、炊いてください。

☆ラップはしなくても大丈夫ですよ、熱いですけど。

②芽キャベツのアンチョビガーリック炒《いた》め

〈材　料〉２人分

芽キャベツ10個　オリーブオイル大匙《おおさじ》１と２分の１杯　ニンニク１片

アンチョビフィレ３枚　塩・粗《あら》びき黒胡椒《くろこしょう》　各適量

〈作　り　方〉

●芽キャベツは洗って半分に切り、耐熱容器に並べてラップをかけ、電子レンジ（６００Ｗ）で１分30秒加熱する。

●ニンニクは薄切りに、アンチョビはみじん切りにする。

●フライパンにオリーブオイルを入れて加熱し、ニンニクを入れて揚げ、香りが立ったら取り出す。アンチョビのみじん切りを炒め、レンチンした芽キャベツを加えて更に炒める。

●塩と粗びき胡椒で味を調え、フライドガーリックを添《そ》えて出来上がり。

③鱈《たら》と白菜のグラタン

〈材　料〉２人分

生鱈の切り身2枚　白菜2枚（２００g）　玉ネギ2分の1個（１００g）
ホワイトソース４００ml　ピザ用チーズ40g　パン粉・粉チーズ　各5g
オリーブオイル大匙１杯　塩・胡椒　各適量

〈作　り　方〉

●鱈は一口大、白菜は３センチ幅、玉ネギは薄切りにする。
●フライパンにオリーブオイルを入れて熱し、鱈、白菜、玉ネギを炒め、塩・胡椒で味を調える。
●耐熱容器にホワイトソースを半量入れたら炒めた具を入れ、上から残りのホワイトソースをかける。
●ホワイトソースにピザ用チーズを載せ、パン粉、粉チーズの順に振る。
●２５０度で予熱したオーブン、またはトースターに入れ、約10分、表面に焼き色がつくまで加熱する。

◎ホワイトソースの作り方

〈材　料〉４００ml分

牛乳４００ml　バター40g　薄力粉《はくりきこ》40g

塩小匙４分の１杯　コンソメ顆粒《かりゅう》小匙1杯　白胡椒適量

●鍋《なべ》にバターを入れて加熱し、溶けたら薄力粉を入れ、サラサラになるまで弱火で炒める。

●水で濡《ぬ》らした布巾《ふきん》の上に鍋を載せるなどして、炒めた薄力粉の粗熱を取る。

●鍋を再び弱火にかけ、少しずつ牛乳を入れながら混ぜ合わせる。

●塩、コンソメ顆粒、白胡椒を入れて味を調える。

〈ワンポイントアドバイス〉

☆ホワイトソースを作るのが面倒な方は、鱈・白菜・玉ネギを炒める途中でバターを加え、小麦粉を振って混ぜ合わせ、牛乳を少しずつ入れて伸ばすと、ホワイトソースで和えた状態になります。

④カリフラワーの柚子《ゆず》胡椒チーズ焼き

〈材　料〉２人分

カリフラワー１個　柚子胡椒大匙１杯　ピザ用チーズ１２０g

〈作り方〉

●カリフラワーは小房に分け、２～３分塩茹《ゆ》で（水１リットルに対して塩小匙２杯）する。

●耐熱皿に茹でたカリフラワーを載せ、柚子胡椒をまぶし、ピザ用チーズを載せて、トースターで焼き色がつくまで焼く。

〈ワンポイントアドバイス〉

☆茹でるのが面倒な方は耐熱容器にカリフラワーを並べて軽く塩を振り、ラップをかけて電子レンジ（６００W）で２～３分加熱してください。

☆柚子胡椒の香りと辛みが、カリフラワーにもチーズにも良く合います。

⑤ニラ玉

〈材　料〉２人分

ニラ１束　卵４個　牛乳大匙２杯　塩小匙６分の１杯　胡椒適量
ゴマ油大匙２分の１杯　サラダ油大匙１と２分の１杯　鶏《とり》がらスープの素小匙３杯

〈作り方〉

●ニラは３センチの長さに切り、葉の柔らかい部分と茎《くき》の固い部分を分けておく。
●卵を割りほぐし、牛乳と塩、胡椒を加えて混ぜる。
●フライパンにゴマ油を入れて火にかけ、ニラの茎の固い部分を炒め、少ししんなりしたら葉の柔らかい部分を入れて炒め、鶏がらスープの素で味をつける。
●炒めたニラを卵に入れてざっくり混ぜる。
●フライパンにサラダ油を入れて十分に加熱し、ニラと卵を混ぜたものを入れて手早く炒め、半熟より少し火が通ったら火からおろす。
●器に盛り、胡椒を振って出来上がり。

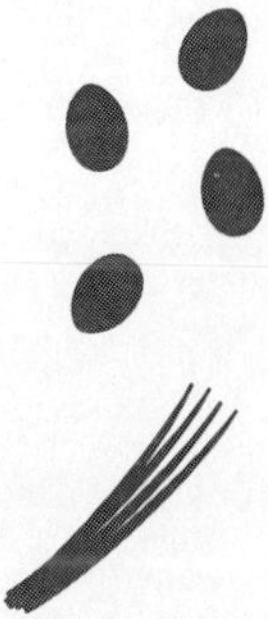

〈ワンポイントアドバイス〉

☆ニラ玉には先に卵を半熟に炒めて別皿に取り、ニラを炒めてから加える方法もありますが、今回の方が洗い物が少なくて済みます。

☆鶏がらスープの代わりに醤油《しょうゆ》を用いても美味しいです。

⑥ふきのとうの天ぷら

〈材　料〉２人分

ふきのとう６個　薄力粉・天ぷら粉・揚げ油・お好みの塩　各適量

〈作　り　方〉

●ふきのとうは葉を開き、薄力粉を振っておく。

●天ぷら粉を袋の表示に従って水で溶き、衣を作る。

●揚げ油を鍋に入れて１８０度に熱する。

●ふきのとうを衣にくぐらせ、鍋の油に投入し、火が通るまで2分ほど揚げる。

●器に盛って塩を添える。

〈ワンポイントアドバイス〉

☆春の香りのふきのとうの天ぷら、簡単なので一度お試し下さい。

☆抹茶塩《まっちゃじお》、藻塩《もしお》、柚子塩、岩塩《がんえん》その他、今はスーパーでも色々な塩を売っていますので、お好みの塩を探すのも楽しいですよ。

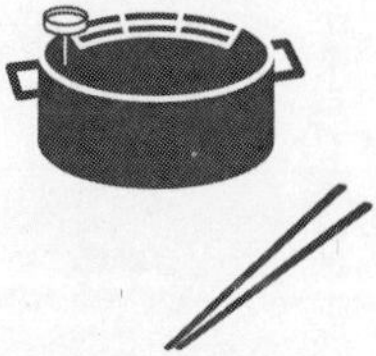

⑦筍《たけのこ》の木《こ》の芽《め》和《あ》え

〈材　料〉２人分

茹で筍２００g　木の芽10枚

Ａ（出し汁１００ml　薄口醤油・みりん　各小匙１杯）

Ｂ（白《しろ》味《み》噌《そ》50g　砂糖・酒　各大匙１杯　みりん小匙１杯）

〈作　り　方〉

●筍を１センチ角に切る。

●切った筍をＡで煮て、よく冷ます。

●Ｂを鍋に入れ、弱火で温めながらよく練る。艶《つや》が出てきたらＯＫ。

●木の芽を１枚残してすり鉢で擂《す》り、練った味噌とよく混ぜ合わせる。

●筍の水気をよく切り、味噌で和え、器に盛って残しておいた木の芽を飾る。

〈ワンポイントアドバイス〉

☆出来れば筍の季節に、朝掘りの筍を茹でて使ってください。パックの筍とは風味がまるで違います。

☆筍も旬《しゅん》の短い野菜です。木の芽と一緒に春を味わって下さい。

⑧シラスと三つ葉の混ぜご飯

〈材　料〉２人分

炊き立てご飯１合　シラス大匙５杯　三つ葉１束　醤油小匙２杯

〈作　り　方〉

●三つ葉は根を落とし、長さ３センチくらいに切る。

●炊き立てのご飯にシラス、三つ葉、醤油を加えて混ぜる。

〈ワンポイントアドバイス〉

☆三つ葉も春の香りですね。醤油の代わりにカリカリ梅を刻んで混ぜても美味しいですよ。

☆こってり系が好きな方は、ゴマ油を小匙１杯ほど加えて下さい。

⑨豆ご飯

〈材　料〉２人分

米２合　グリーンピース莢《さや》付き２００ｇ（中身１００ｇ）　昆布10センチ
塩小匙１杯

〈作　り　方〉

●グリーンピースを莢から出す。
●沸騰《ふっとう》した湯に塩少々（分量外）を加え、グリーンピースを２分茹でる。
●２分経《た》ったら火を止め、そのまま冷ます。
●米を研ぎ、水加減をしたら塩を入れて混ぜ、昆布を載せて炊く。
●ご飯が炊き上がったら昆布を取り除き、ざっくりと混ぜる。水気を切ったグリーンピースを加えて再びざっくりと混ぜる。

〈ワンポイントアドバイス〉

☆この作り方だと豆にしわが寄らず、きれいな緑色の豆ご飯が出来ます。

☆グリーンピースも美味しいですが、もしうすいエンドウが手に入ったら、是非作ってみて下さい。

⑩スンドゥブ

〈材　料〉２人分

絹ごし豆腐《とうふ》１丁　アサリ20個　豚肉１００g　長ネギ２分の１本

水５００cc　ゴマ油大匙２分の１杯　卵１個

A（長ネギみじん切り・ゴマ油・コチュジャン・鶏がらスープの素〔ダシダ・ウェイパァーでも可〕各大匙１杯　粉唐辛子大さじ２分の１～１杯　砂糖・おろしニンニク〔チューブでも可〕　各小匙１杯　醤油大匙２分の１杯　酒小匙２杯）

〈作　り　方〉

●Aをよく混ぜて合わせておく。

●豆腐の水気を軽く切り、手で粗くほぐす。

●砂抜きしたアサリの殻《から》をこすり合わせて洗う。

●長ネギは斜め切りにする。

●豚肉は、適当な大きさに切り、フライパンにゴマ油を引いて、色が変わるまで炒める。
●鍋に水と豆腐とアサリと炒めた豚肉を入れ、Ａの合わせ調味料を入れて火にかける。
●アサリの口が開いたら長ネギを入れ、火が通ったら味を見て、塩（分量外）など加えて調整する。
●最後に卵を落として出来上がり。

〈ワンポイントアドバイス〉

☆韓国を代表する鍋料理は、寒い冬向けのメニューかと思いきや、暑い夏に食べて、汗を流してスタミナをつける料理です。
☆粉唐辛子の量は、お好みで調節してください。

本書の第一話から第四話は「ランティエ」二〇二三年八月号～十一月号に、連載されました。第五話は書き下ろし作品です。

ハルキ文庫

や 11-17

おむすび縁結《えんむす》び　食堂《しょくどう》のおばちゃん⑮

著者　山口恵以子《やまぐちえいこ》

2024年1月18日第一刷発行

発行者　角川春樹

発行所　株式会社角川春樹事務所
〒102-0074 東京都千代田区九段南2-1-30 イタリア文化会館

電話　03(3263)5247(編集)
03(3263)5881(営業)

印刷・製本　中央精版印刷株式会社

フォーマット・デザイン　芦澤泰偉
表紙イラストレーション　門坂 流

ISBN978-4-7584-4613-6 C0193 ©2024 Yamaguchi Eiko Printed in Japan
http://www.kadokawaharuki.co.jp/ [営業]
fanmail@kadokawaharuki.co.jp [編集]　ご意見・ご感想をお寄せください。

JASRAC 出 2308140-301

山口恵以子の本

食堂メッシタ

ミートソース、トリッパ、赤牛のロースト、鶏《とり》バター、アンチョビトースト……美味《おい》しい料理で人気の目黒の小さなイタリアン「食堂メッシタ」。満希《まき》がひとりで営む、財布にも優しいお店だ。ライターの笙子《しょうこ》は母親を突然亡くし、落ち込んでいた時に、満希の料理に出会い、生きる力を取り戻した。そんなある日、満希が、お店を閉めると宣言し……。イタリアンに人生をかけた料理人とそれを愛するひとびとの物語。

ハルキ文庫

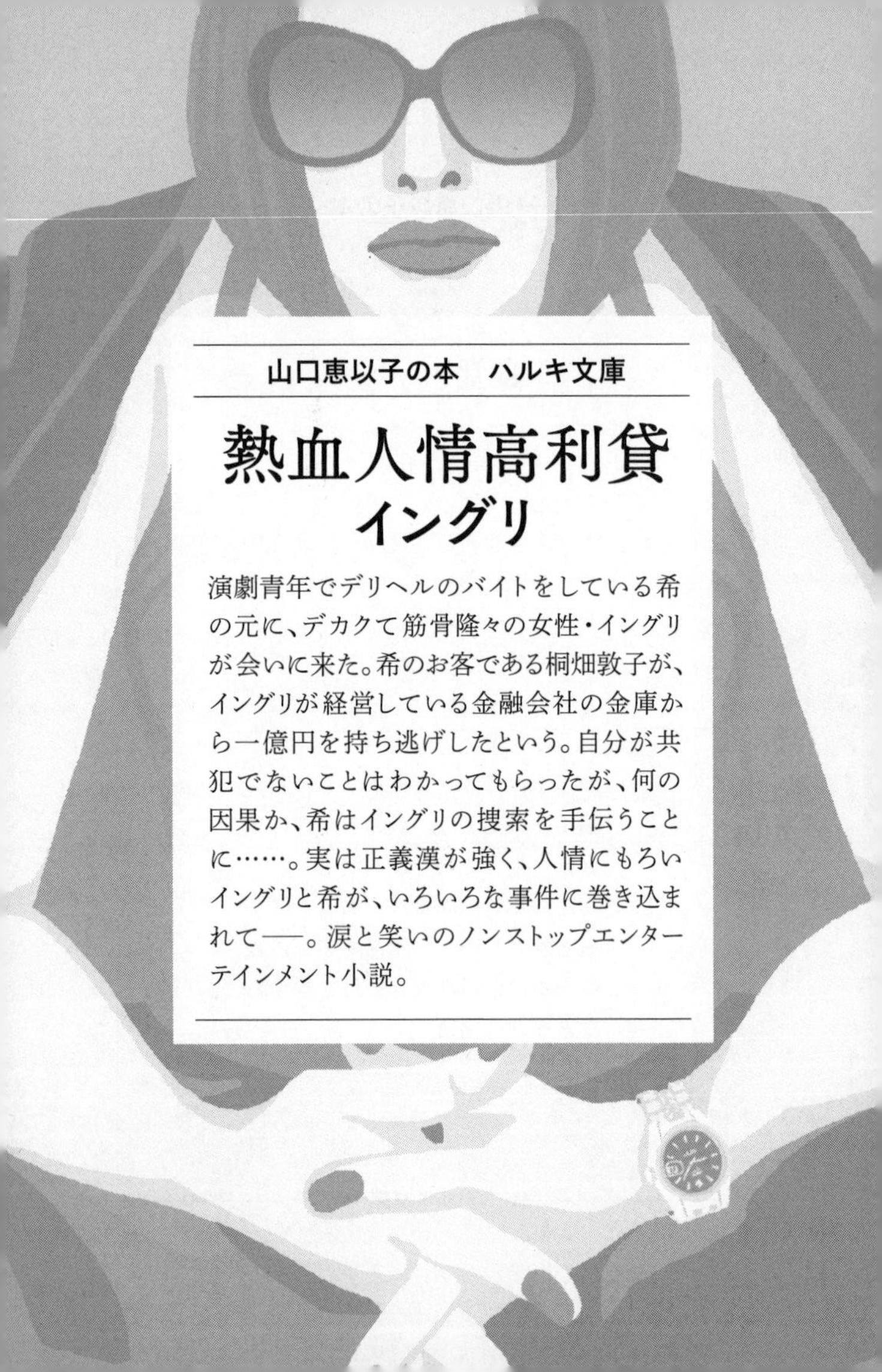